KB180889

한국 희곡 명작선 129

암흑전설 영웅전(暗黑傳說 英雄傳)

한국 희곡 명작선 129

암흑전설 영웅전
(暗黑傳說 英雄傳)

차근호

평민사

자그느호

암흑전설 영웅전 (暗黑傳說 英雄傳)

등장인물

남자
군사(軍師)
청와장군
백와장군
무희(舞姬)
마법사
병사1, 2, 3, 4
농부1, 2, 3
아낙
태황제
황태후
사신(使臣)
포톤 대왕
사회자
- 그 외 사람들. 주요인물이 아니라면 일인다역도 무방하다.

무대는 「암흑전설 영웅전」이라는 제목의 게임이 진행되는 가상의 세계이다. 무대 뒤쪽에 나지막한 단이 있다. 이곳은 게임을 하는 남자의 방으로 현실의 세계이다. 남자의 방에는 책상과 의자가 놓여있다. 책상 위에는 모니터를 제외한 컴퓨터 본체, 키보드, 마우스, 프린터, 전화기가 놓여있다. 결국 무대는 게임을 하는 남자가 보고 있는 모니터인 셈이다. 남자의 방에서 무대의 한쪽 가로 통로가 나 있다. 남자는 이 통로를 통해 밖으로 나갈수 있다. 엄격히 이 공간은 남자의 방의 연장으로, 남자는 이 공간을 자유롭게 사용할 수 있다. 무대 앞쪽은 무대보다 한층 정도가 낮다. 이곳 또한 게임이 진행되는 가상의 공간으로 여러 장소로 활용된다. 객석에서 두루 잘 보일 수 있는 곳에 자막을 보여줄 수 있는 스크린이 설치되어 있다.
게임 속의 등장인물들의 머리에는 모자 모양 빨간 비상등이 달려 있다. 실제로 비상등은 끄고 켜는 것이 가능해야 한다. 그들은 동양적인 분위기의 옷을 입고 있지만 명확히 시대나 장소를 구분하는 것은 모호하다.

프롤로그

관객들이 자리를 잡으면 곧이어 경쾌한 팡파르가 울린다. 조명을 받으며 사회자가 들어온다.

사회자　(좌중을 보고) 안녕하십니까? 여러분! 정말 오랫동안 기다리셨습니다! (비밀스러워) 신화 속의 주인공이 되어 광활한 대지와 시간의 굴레를 초월해 펼치는 모험과 로맨스의 세계. 전 세계 게임 매니아를 열광의 도가니로 몰아넣을 게임. 역사상 최고의 명작. 실제보다 더욱 진짜 같은 다양한 인물들과 흥미진진한 스토리, 바로 여러분 자신이 주인공이 되어 게임을 이끌어가는 최고의 전략 시뮬레이션 게임 암흑전설 영웅전이 드디어 여러분을 찾아왔습니다!

게임의 테마곡이 연주된다.

사회자　(진지하여) 어둠과 혼란이 세상을 지배하는 암흑전설(暗黑傳說)의 시대. 지금 빛의 제국과 악의 제국은 세상의 구원과 파멸이란 갈림길에서 물러설 수 없는 최후의 전쟁을 벌이고 있습니다. (박진감 넘쳐) 막강한 악의 제국 암흑성국은 한 가닥 남은 세상의 빛마저 저 깊은 어둠의 나락 속에 가두어

버리려고 합니다. 파멸과 악의 기운으로 대지가 뒤덮인 이 세상은 정의의 검을 들고 암흑성국과 맞서 싸울 영웅을 기다리고 있습니다. 악의 제국을 멸망시키고 빛의 제국을 통일할 진정한 영웅을 기다리고 있습니다. 과연 누가 이 절망의 암흑을 물리칠 것인가! (숨을 죽이며) 마침내 어둠을 물리치고 세상에 빛을 부를 자, 그가 암흑의 시대를 평정하기 위해 정의의 검을 치켜들었습니다. 바로 여러분이 암흑전설의 영웅, 빛의 제국의 위대한 황제입니다!

게임의 테마곡이 분위기를 고조시킨다.

사회자　이제 전략을 세우고 군대를 양성해 악의 제국 암흑성국을 평정하십시오. 충직한 제국의 신하들이 여러분들을 기다리고 있습니다.

무대에 게임 속의 등장인물들(군사, 청와장군, 백와장군, 무희, 마법사, 병사1, 2, 3, 4, 농부1, 2, 3, 아낙)의 모습이 보인다. 사회자가 등장인물을 소개하면 해당되는 사람들(농부들과 아낙은 일꾼)은 앞으로 나와 자신의 캐릭터를 보여주는 포즈를 잡는다.

사회자　(소개하며) 군사(軍師)는 여러분의 전략에 대해 조언을 할 것이며 암흑성국의 음모를 꿰뚫고 전쟁을 승리로 이끌 것입니다. 용맹한 장군들은 거칠 것 없는 기백과 지략으로 암흑성국을 공포에 떨게 할 것입니다. 병사들은 제국의 승리를 위하여 초개같이 목숨을 던져 충성할 것입니다. 마법사는 신화시대의 신비를 여러분의 눈앞에 펼쳐 보일 것입니다. 부지런한 일꾼들은 여러분의 제국을 살찌우고 죽음을 맞는 그 순간까지 제국의 번영을 위해 일할 것입니다. 그리고 제국의 무희는 신비로운 춤으로 전장의 피로에 지친 병사들을 위로할 것이며, 그 아름다움으로 여러분의 눈을 사로잡을 것입니다.

포즈를 잡은 사람들의 모습이 조형미를 이루어 마치 한 편의 게임 포스터를 보는 것 같다.

사회자　(찬찬히 관객들을 둘러보며) 자-, 준비되셨습니까? 마우스를 잡으십시오. 모니터를 응시하십시오. 이제 시작입니다. 게임은 시작되었습니다. 황제의 권능과 위엄으로 명령하십시오. (손을 치켜들며) 싸워라! 쟁취하라! 승리하라!

게임의 테마곡이 객석을 압도한다. 클라이맥스를 이루며 서서히 사그라진다. 무대의 조명도 서서히 어두워진다.

제 1 장

자막 / 게임 1 단계
    임무 : 무적 군대를 섬멸하라

무대에는 게임 속의 등장인물들이 마네킹처럼 서 있다. 무희, 청와 장군, 마법사의 모습은 보이지 않는다. 농부들은 삽을 들고 있고, 아낙은 바구니를 들고 있다. 곧이어 남자의 방에 조명이 들어오면 게임 설명서를 읽고 있는 남자의 모습이 보인다. 그의 어깨 너머로 셰익스피어의 초상화가 보인다.

남자는 말투가 어눌하며 조금씩 말을 더듬는다. 그의 말투는 극이 진행되면서 서서히 변화하기 시작한다. 마침내 5장에 이르면 그는 더 이상 말을 더듬지 않는다.

남자   (설명서와 등장인물을 비교해 보며) 군사… 장군… 병사… 일 꾼….

남자는 손가락을 들어 등장인물들을 세어본다. 제대로 되었는지 만족스럽다.

남자   (설명서를 확인하고) 일꾼들은…. (마우스를 클릭한다)

명령을 받은 농부들과 아낙의 비상등이 켜진다. 농부들은 삽질을 하고, 아낙은 바구니에 달걀을 주워 담는 행위를 기계적으로 반복한다.

남자   너네들은 일하러 가고….

일꾼들 나간다. 남자, 마우스를 클릭한다. 백와장군과 병사들의 비상등이 켜진다. 백와장군과 병사들은 칼을 뽑아들고 발을 구르며 위에서 아래로 칼을 휘두른다. 남자가 다시 마우스를 클릭하자 이번에는 칼을 앞으로 길게 찌른다. 유심히 지켜보던 남자는 반복해서 마우스를 클릭해 보고, 명령을 받은 백와장군과 병사들도 반복하여 칼을 움직인다.

남자   병사들은…. (설명서를 확인하고) 정찰, 장군은… 너도 정찰.

백와장군과 병사들, 무대 앞쪽으로 간다.

남자   그리고…. (설명서를 확인하고) 군사는 여기 있고….

전화벨이 울린다. 남자, 어딘지 불안한 기색으로 울려대는 전화벨 소리를 듣는다. 전화가 끊기기 직전 조심스럽게 수화기를 든다.

남자   여, 여보세요? (잠시 듣고 있다가) 괜찮아. 미, 미안할 건 없어.

(사이, 힘없이) 잘 갔다 와. 파, 파리라고 했지? (사이) 언제….

전화가 끊긴다. 전화의 두절음이 건조하게 들려온다. 남자, 천천히 수화기를 내려놓는다.

무대 앞쪽에 적군이 나타난다. 적군은 칼을 휘두르며 백와장군과 병사들에게 달려들지만 남자는 우두커니 바라만 보고 있다. 백와장군과 병사들은 적군의 공격에 무방비로 서 있다. 남자는 우물쭈물하다가 마우스를 클릭한다. 비상등이 켜지면서 백와장군과 병사들도 공격을 시작한다. 적군은 재차 공격을 하지만 아군은 무난히 방어를 해낸다. 공격이 실패로 끝난 적군은 무대 앞쪽을 빠져나간다.

전화벨이 울린다. 이번에도 남자는 잔뜩 경계심에 어려 전화기를 바라본다. 조심스럽게 수화기를 든다.

남자 여, 여보세요? 아니 아, 아직 안 끝났어. 자료 조사할 게 생각보다 많아. 알았어. 내일까지 찾아서 메, 메일로 보내줄게. (조심스럽게) 이, 읽어 봤어? 내가 보낸 작품. (기대감에) 재, 재밌지 않아? (사이, 실망하여) 괜찮아. 뭐 그냥 써, 써본 거니까 시간 되면 읽어 봐. (사이) 내일 보낼게. (수화기를 내려놓는다)

다시 적군이 나타난다. 남자를 힐끗힐끗 살피며 슬금슬금 백와장군과 병사들에게 다가간다.

남자 뭐, 뭐해! 적, 적군이 왔잖아!

소리 명령을 내려주십시오.

남자 (우물쭈물하다가) 공, 공격!

백와장군과 병사들의 비상등이 켜진다. 칼싸움이 벌어진다. 적군이 퇴각하자 아군이 뒤쫓지만 금세 다시 밀려들어온다. 그들은 서로 밀고 밀리며 칼싸움을 벌인다. 아군에게 밀려 적군이 밖으로 내몰린다. 밖에서 요란하게 칼싸움을 벌이는 소리가 들려온다. 남자는 긴장하여 싸움의 결과에 귀를 기울인다.

소리 모든 적군을 섬멸하였습니다.

경쾌한 팡파르 소리가 들려온다.

자막 / 게임 1 단계 임무 완수

점수 : 605점

남자 벌, 벌써 끝난 거야? (으쓱하여) 별거 아니네.

잠시.

자막 / 게임 2 단계

임무 : 마법의 성을 함락하라

남자   성을 함락하라…

남자, 진지하여 작전을 짠다. 남자가 턱을 괸다. 게임 속의 인물도 턱을 괸다. 남자가 손을 바꾸어 턱을 괴자 게임 속의 인물들도 남자의 흉내를 내는 것처럼 따라한다. 남자가 한숨을 내쉬자 그들도 따라 한숨을 내쉰다. 그들의 모습이 꼭 남자의 거울을 보는 것 같다.

남자   (생각에 잠겨) … 마법의 성이… 산꼭대기에 있으니까… 머, 먼저 올라가서….

사람들, 슬그머니 고개를 돌려 남자를 본다. 남자가 무대 쪽으로 시선을 옮기자 사람들 재빠르게 고개를 돌린다.

남자   … 올라가는데… 우리보다 적군이 많은데….

남자, 고개를 갸우뚱하며 생각을 하지만 뾰족한 수가 떠오르지 않는다. 사람들, 조심스럽게 고개를 돌려 다시 남자를 본다.

남자   적군이 많으니까… 성을 함락하려면…. (불현듯 손가락을 튕기며) 불, 불을 지르는 거야! 산으로 올라가는 길이 북, 북쪽하고 남쪽 두 갈래니까 북쪽에다 불을 지르고, 남쪽으로 올라가면 적군은 불 때문에 우왕좌왕할 거고, 그, 그 사이에 성을 함락하는 거야!

14

남자, 자신만만하여 마우스를 클릭한다. 백와장군과 병사들의 비상등이 켜진다.

군사　저어 -.

남자　…?

군사　(앞으로 한 걸음 나오며) 옛 성현의 병법서에 의하면 산에 불을 놓는 화공은 무엇보다 바람의 움직임을 봐야한다 했습니다. 바람의 방향에 따라 불의 방향이 바뀌게 되어 있으니 이는 타당한 말씀입니다.

남자　(뜨끔하여) 그런데?

군사　만약 지금의 작전으로 북쪽에 불을 지르고 남쪽으로 공격을 한다면, 만에 하나 바람의 방향이 바뀌어 북쪽에서 타야 할 불이 남쪽으로 옮겨오면 우리의 군사들은 싸워보지도 못하고 모두 불에 타 죽을 게 확실합니다.

남자, 멋쩍어 머리를 긁적인다. 남자, 진지하여 생각에 잠긴다. 사람들, 그런 남자를 조심스럽게 지켜본다. 잠시 침묵이 흐른다.

남자　(자신감에 차서) 그럼, 이건 어때? 적군이 산꼭대기에 있으니까 아, 아래에서 유인을 하는 거야. 저, 적군이 밑으로 내려오면 그 틈에 마법의 성을 함락하는 거지.

군사　옛 성현의 병법서에 의하면 아군의 진지를 적군의 진지보다 낮은 곳에 잡는 것은 아니 된다 했습니다. 적을 유인한다고 적군이 훤히 내려다볼 수 있는 곳에 진을 치면, 필시 적군은 아래로 돌을 굴리거나, 화살을 쏠 것이고 그렇게 되면 우리 군사들은 모두 전멸할 것이 분명합니다.

남자, 입을 다물어 버린다. 백와장군은 그런 남자가 답답한지 얼굴에 한껏 불만의 기색이 드러난다.

남자 (말을 더욱 더듬으며) 그, 그, 그러면….

백와장군 (도저히 못 참겠는지) 거참, 싸나이가 쫀쫀하게!

남자 …?!

백와장군 그냥 화끈하게 밀어 버립시다! 쫀쫀하게 불이나 지르고 꼬드기기나 하고 그게 뭡니까? (과장되어) 아-, 힘이 쏟는 다! 힘이 쏟아! 몸이 근질근질 두 팔이 실룩실룩. (칼을 빼들고) 한 번 붙어 봐! 붙어, 붙어!

군사 장군, 신중하시오.

백와장군 전쟁은 파워! 파워가 힘이야, 힘!

군사 전쟁은 힘으로만 하는 게 아니외다. 전략과 전술이 있어야지.

백와장군 거참, 그냥 밀어 버리자니까! (웅변조로) 우리는 역사의 소금! 우리는 제국의 도끼!

백와장군은 칼을 치켜들고 싸움을 걸 듯 좌중을 쏘아보고 군사는 백와장군의 한심한 몰골에 혀를 찬다. 병사들, 무대 한켠으로 쪼르르 몰려간다.

병사1　이번엔 몇 번이나 죽어야 되나?

병사2　주인 잘못 만나면 하루에도 수십 번 죽어.

병사3　(남자를 힐끗 보고, 잔뜩 겁을 먹어) 혹시 컴맹은 아닐까?

병사4　안 돼, 절대로 안 돼! 손 따로, 눈 따로, 머리 따로 노는 꼴을 어떻게 보라고? 심심하면 그냥 만화책이나 본든가 노래방에 가서 노래나 하지 왜 하필이면 우리가 나오는 게임을 사 가지고 그렇게 죽도록 고생을 시켜! 이러면 안 되지. 그러면 안 돼.

남자는 통제 불능의 상황에 당혹스럽다. 그런 남자를 지켜보는 병사들은 더욱 한탄조의 한숨을 연발한다. 남자, 쉬지 않고 주절대는 사람들의 소리에 안절부절 키보드를 누른다.

소리　게임을 일시 정지합니다.

사람들 굳은 듯 멈추어 있다. 남자, 그제서야 한시름을 덜었다는 듯 한숨을 내쉰다. 남자, 게임 설명서를 뒤적인다. 원하는 항목을 찾았는지 상세히 읽어본다. 남자, 설명서를 덮고 찬찬히 무대를 훑어본다. 키보드를 누른다.

소리　게임을 진행합니다.

소리가 끝나기가 무섭게 무대는 다시 사람들의 소리로 시끄럽다.

남자 잠, 잠깐만!

일동, 남자를 주목한다.

남자 모든 전략은 군사와 상의하는 게 이 게임의 루, 룰이야. 규칙이라고. 그러니까 군사가 말해 봐.

군사의 비상등이 켜진다.

군사 이번 임무는 악의 제국 암흑성국과의 피할 수 없는 숙명의 대결을 위해 반드시 성공해야만 합니다. 마법의 성은 산꼭대기에 있고 게다가 병력도 우리보다 수적으로 우세한 만큼 이번 작전은 신중의 신중을 기해야만 합니다. 이런 불리한 상황 속에서 승리를 얻으려면 마법의 성의 주인이자 암흑성국의 막강한 실력자인 마법사 칼마한을 제거하는 게 급선무입니다.

남자 … 칼마한?

백와장군 그놈 무서운 놈입니다. 이름에 '칼'자 들어가잖아요.

병사들, '칼마한'이라는 이름에 겁을 먹고 슬금슬금 저리를 피한다.

군사 칼마한이 무서운 자라는 건 사실이지만 그자에게도 약점
이 있습니다.

군사, 품에서 부적을 꺼내 백와장군에게 건넨다.

백와장군 (부적을 이리저리 살펴보다가) 이걸로 어떻게 하라고?

남자 (백와장군의 궁금증을 뒤쫓으며) 어떻게 하는데?

군사 이 부적은 칼마한의 모든 마법을 일시 정지시킬 겁니다.
이걸 그자의 가슴에 붙인 다음 단칼에 목을 베면 됩니다.
(백와장군에게) 칼마한을 암살하시오.

남자 (깜짝 놀라) 암, 암살?!

군사 그가 죽으면 적군은 사기를 잃을 것이고, 마법의 성을 쉽
게 함락할 수 있을 겁니다.

남자 자, 잠깐만! (이리저리 생각을 해보다가) 만, 만약에 그러다
가, 걸리기라도 하면….

군사 …?

남자 (바싹 긴장하여) 그, 그러니까 내 말은….

군사 심려하지 마십시오. 반드시 성공할 겁니다.

남자 … 더 생각해 보는 게 조, 좋지 않을까?

군사 다른 계획이라도 있으신지요?

남자 (우물쭈물하여) 그, 그건 아닌데… 그래도….

백와장군 (주먹을 불끈 쥐어 보이고) 한 방에 끝내는 겁니다! 스릴 있고
좋잖아요? (병사들에게) 안 그러냐?

19

병사들, 고개를 끄덕인다.

군사   시간을 끌수록 우리 측에 불리합니다. 암살 작전을 승인
하여 주십시오.

남자, 결정을 내리지 못하고 우물쭈물한다. 사람들, 물끄러미 남자
를 지켜본다. 남자, 사람들의 시선에 머쓱하다.

남자   (가까스로) 조, 좋아. 작전을 승인한다.

백와장군   일 단계!

병사1   (품에서 밧줄을 꺼내 보이며) 마법의 산에 밧줄을 건다!

백와장군   이 단계!

병사2   (밧줄을 타는 시늉을 하며) 밧줄을 타고 산에 오른다!

백와장군   삼 단계!

병사3   (단검을 빼어들어 목을 그어 보이며) 보초를 제거한다!

백와장군   사 단계!

병사4   (부적을 가슴에 붙여 보이며) 마법사 칼라한의 가슴에 부적을
붙인다!

백와장군   마지막으로 제가 그 요괴의 목을 자릅니다! 싹뚝! 어떻습
니까?

군사   실행하시오.

남자   (주위를 조심스럽게 살펴보고, 나지막하게) 어떤 흔석노 남기시
말고 깨끗하게 수행하도록.

백와장군과 병사들의 비상등이 켜진다.

백와장군 돌격 앞으로!
병사 일동 돌격 앞으로!

백와장군과 병사들, 무대를 빠져나간다. 군사는 망원경으로 좌중을 바라본다.

남자 (재촉하여) 어떻게 됐어?
군사 잠시 후면 마법의 산에 도착할 겁니다.

잠시 후, 무대 앞쪽에 백와장군과 병사들이 나타난다. 군사, 망원경으로 그들을 살핀다. 무대 앞쪽에는 마법의 산 미니어처가 놓여 있고, 산 위에는 보초 모형의 인형이 있다. 얼마 떨어진 옆에 마법사 칼마한의 인형이 있다. 장군과 병사들은 작전대로 행동을 한다. 그 행동은 모두 마임이다. 긴장감을 더하는 음악이 무대를 흐른다.

군사 1 단계! (병사1, 밧줄을 거는 시늉을 한다) 2 단계! (병사2, 밧줄을 타오르는 시늉을 하며 미니어처 산을 넘는다) 3 단계! (병사3, 단검으로 보초 모형의 인형을 찌른다) 4 단계! (병사4, 부적을 마법사 칼라한의 가슴에 붙인다)

침묵. 백와장군, 칼마한 인형의 머리를 자른다.

군사	성공입니다!
남자	(벌떡 일어서며) 저, 정말? (기뻐서) 좋았어!

백와장군과 병사들의 노래 소리가 들려온다. 군가이다. 백와장군과 병사들, 들어온다. 군사, 누군가를 기다리고 있는지 목을 빼 밖을 살핀다.

백와장군	번호!
병사1	하나!
병사2	둘!
병사3	셋!
병사4	넷! 이상 무!
백와장군	모조리 무찔렀습니다! 한 놈도 남김없이 몽땅 쓸어버렸습니다.
군사	그런데 그분들은 어디에 계시오? (반가워서) 저기 오십니다!
남자	누, 누구?

청와장군과 마법사가 들어온다. 반가움에 청와장군에게 달려가려던 병사들, 백와장군의 매서운 눈초리에 멈칫한다. 백와장군, 못마땅하여 청와장군을 쏘아본다. 마법사와 청와장군, 남자에게 정중히 인사를 한다.

마법사, 청와장군	뵙게 되어 영광입니다.

남자, 그들의 정체를 확인하려 게임 설명서를 뒤적인다.

남자 (설명서를 확인하며) ⋯ 마법사.

마법사의 비상등이 켜진다.

남자 (설명서를 확인하며) ⋯ 청와장군.

청와장군의 비상등이 켜진다.

군사 마법사와 청와장군은 칼마한의 마법에 걸려 마법의 성 철
탑에 갇혀 있었습니다. 우리가 성을 함락하자 마침내 마
법에서 풀려나 귀환하게 된 겁니다.

남자 그래?

군사 자세한 내용은 게임 설명서를 참조하시기 바랍니다. 5 페
이지입니다.

남자, 군사의 말대로 설명서를 확인한다. 청와장군, 비장하여 무릎
을 꿇는다.

청와장군 소장 청와장군, 주인님을 위해 기꺼이 목숨을 바치겠나이
다. 제국 통일의 과업을 이루시어 만인지상의 제왕이 되
시옵소서!

남자, 솔깃하여 고개를 든다.

청와장군 홍복(洪福)을 누리소서. 황제 폐하!

남자 …?

병사 일동 (백와장군의 눈치를 보며 머뭇거리다가) 황제 폐하, 만세! 황제 폐하, 만세!

병사들의 우렁찬 만세 선창에 군사와 마법사도 만세를 부르기 시작한다. 아니꼬워 청와장군을 쏘아보던 백와장군도 기세에 밀려 만세를 부른다. 남자, 천천히 몸을 일으킨다. 만세를 외치는 소리에 어안이 벙벙하다.

일동 황제 폐하, 만세! 황제 폐하, 만세!

남자 황제…. 황제? (피식 웃음을 머금으며) 재, 재밌네. 게임치고는….

'황제 폐하, 만세!'를 외치는 소리가 무대를 뒤엎으며, 무대 서서히 어두워진다. 경쾌한 팡파르 소리, 들려온다.

자막 / 게임 2 단계 임무 완수

　　　점수 : 908점

제 2 장

남자, 컴퓨터 앞에 앉아 편지를 쓰고 있다. 키보드를 두드리는 소리만이 침묵을 깨며 들려온다. 남자, 프린터로 편지를 출력한다. 천천히 거닐며 편지를 읽어본다.

남자 (편지를 읽는다) 지금쯤이면 도착했을까? 아니면 지금도 비행기를 타고 있을까? 여길 떠나겠다고 하더니 정말 먼 곳으로 갔구나. 아주 먼 곳으로… 이제 우리들의 시계는 다른 시간을 가리키겠지. 내가 밤이면 넌 낮이고, 내가 낮이면 넌 밤이겠지. 꼭 엇갈린 선들처럼, 평행선처럼 너와 나는 늘 다른 곳으로만 내달리는구나. 언제 돌아오는지 궁금하다. 물어보고 싶었는데 전화가 끊겼어. 배웅해주지 못해서 미안해. 잘 지내. (편지를 접고, 사이) 보고 싶다. (사이) 사랑해… (사이) 파리….

남자, 슬픈 상념에 젖는다. 천천히 편지를 찢는다. 남자, 의자에 앉는다. 우두커니 앉아 있던 남자, 리모콘을 누른다. TV 소리가 들려온다. 남자, 채널을 바꾼다. 채널이 바뀔 때마다 드라마, 스포츠, 뉴스, CF…. TV 소리가 어지럽게 들려온다. 남자, TV를 끈다. 남자, 게임 설명서를 집어든다.

남자   (건성으로 읽는다) … 신화 속의 주인공이 되어 광활한 대지와 시간의 굴레를 초월해 펼치는 모험과 로맨스의 세계….

잠시 머뭇거리던 남자, 의자를 바짝 끌어당겨 앉는다. 키보드를 누른다.

소리   게임을 시작하시겠습니까?

남자, 키보드를 누른다.

자막 / 게임 3 단계
      임무 : 요새를 방어하라

자막이 나왔지만 무대는 여전히 어둠 속에 잠겨 있다. 남자, 계속 키보드를 눌러보지만 무대는 어둡기만 하다.

남자   (키보드를 누르며) 이, 이게 왜 이러지? (컴퓨터를 신경질적으로 툭툭 쳐보며) 고장난 거야!

소리   암호? (남자의 대꾸가 없다) 암호?

남자   그거 나한테 하는 소리야?

소리   암호?

남자   (자신만만하여) 황제.

소리 틀렸다.

남자 음, 음. 제왕!

소리 틀렸다.

남자 (생각을 하다가) 영웅!

자막 / 게임 설명서의 암호 목록을 참조하시기 바랍니다.

남자 (목록을 보며) 황금도끼? (반응이 없자) 민들레? 호박? 가시나무? (점차 짜증이 섞여가며) 오뚜기, 갈대국수, 널부러지다, 뜀뛰기, 솟아나다, 메뚜기, 깔대기.

소리 통과!

실로폰의 화음 소리가 들려오면서 무대 밝아진다. 병사1, 2는 긴창을 들고 경계를 서고 있다. 병사3, 4는 줄지어 서 있는 농부들을 검문하고 있다. 군사와 장군들은 검문을 지켜본다.

병사3 서라. 움직이면 찌른다. 암호?

농부1 깔대기.

병사3 누구냐?

농부1 농부요.

병사3 용무는?

농부1 농장으로 가는 중인데요.

병사3 통과!

병사4, 농부1을 검문한다.

청와장군 (남자를 발견하고) 홍복을 누리소서!

일동 (바닥에 바싹 엎드리며) 홍복을 누리소서!

남자 (어색하게 손을 들어 보이며) 그, 그래. (무대를 둘러보고) 지금 뭐,
뭐하는 거야?

군사 게임의 세 번째 임무는 요새를 방어하는 겁니다. 그러기
위해선 요새 안의 보안부터 철저히 해야 합니다. 지금 검
문을 시행하고 있습니다. (병사들을 향해) 암호가 틀리는 자
는 망설이지 말고 베어라!

병사 일동 알겠습니다!

농부들, 검문을 받고 나간다.

군사 적의 동태는 어떻소?

백와장군 동태? 지깟 것들이 어쩔려고?

군사 지금 적군은 군사력을 한 곳에 모으고 있소이다. 우리 요
새와는 불과 지척이오.

백와장군 거참, 걱정도 팔자구먼. 천하의 백와장군이 있는데 뭔 걱
정이 그리도 많은가? 그냥 쳐들어오면 단박에 작살을 내
버리면 되지. (좌중을 향해) 와 봐. 오라니까! 봐? 봤지? 쫄았
잖아.

청와장군 (비아냥거려) 장군이 생각하는 것처럼 저들은 호락호락하지

가 않소. 그렇게 만만히 봤다가는 화를 입을 거요.

백와장군   내 걱정은 하지 말고 댁 걱정이나 하쇼.

청와장군   난 걱정이 돼서 한 마디 했을 뿐입니다. 그러다가 목이라도 달아나면 내가 장군의 시신을 거두어야 되니까 말이오.

백와장군   뭐야! (칼을 빼어들고) 이게 보자보자 하니까 대가리에 피도 안 마른 게! 너 죽어!

청와장군   말을 삼가 하시오! 나도 제국의 장군이오.

백와장군   너 진짜 죽어!

백와장군과 청와장군, 서로 칼을 빼어들고 위협적으로 대립한다. 군사와 병사들은 익숙한 광경인지 태연하다.

남자   (영문을 몰라) 쟤, 쟤네들 왜 저러는 거야?

군사   모르셨습니까?

남자   뭐, 뭘?

군사   청와장군과 백와장군의 가문은 역사 대대로 원수지간입니다. 지금이 전시라 저렇게 한 군영에 있는 것이지 전쟁이 나기 전에는 하루가 멀다 하고 싸움을 벌였던 사이입니다. 제국에선 누구나 알고 있는 견원지간이죠. 게임 설명서 14페이지, 제국의 역사편에 보면 자세히 나와 있습니다.

남자   (당혹감에) 무, 무슨 게임이 이렇게 복잡해? 난 그냥 게임이라고 하길래 쉬, 쉬울 줄 알았는데….

군사	요즘 게임은 다 이러는 대요.
남자	….
군사	(조심스럽게) 다른 게임은 많이 해보셨는지요?
남자	(사이) 아니.
군사	(근심이 가득하여 남자를 바라보다가) 황제라는 자리는 결코 쉬운 자리가 아닙니다. 말 그대로 최고의 통치자는 밖으로는 적을 경계하고 안으로는 국론 분열을 막고 왕위를 지켜야만 합니다. 특히 충성도에 대해선 특별한 관리가 필요합니다. 장군과 백성들의 충성도가 30 퍼센트 밑으로 떨어지면 경계 수준이고, 15 퍼센트로 떨어지면 위험 수준입니다.
남자	(긴장하여) 위, 위험 수준이 되면 어, 어떻게 되는데?
군사	음-, 그렇게 되면 반란이 일어나거나… 또는….
남자	또는?
군사	황제가 암살될 수도 있습니다.
남자	…!

무엇인가 허공을 가르는 소리, 날카롭게 들려온다. 백와장군의 가슴에 화살이 박힌다.

백와장군	(물끄러미 자신의 몸에 박힌 화살을 내려다보며) 뭐여, 시방?

연거푸 날아오는 화살이 백와장군의 몸에 박힌다.

군사　기습이다!

무대로 화살이 쏟아져 들어온다. 남자, 까무러치게 놀라 책상 밑에
숨는다. 공습경보를 알리는 사이렌 소리가 요란하게 들려온다. 병
사들은 우왕좌왕 도망가기에 바쁘다.

군사　병사들은 뭘 하느냐? 적을 막아라! 주인님, 명을 내려주십
　　　시오!

소리　불이야! 불이야! 불이야!

군사　요새에 불이 붙었다. 불을 꺼라, 어여!

사이렌 소리가 무대를 뒤덮는다. 남자는 몸을 웅크리고 귀를 막는
다. 공포가 그를 엄습한다. 무대는 화염에 쌓인 듯 붉은 조명으로
어지럽다. 얼마간의 시간이 지나고 무대는 정상적인 조명으로 돌
아온다. 병사들은 온 몸에 화살이 꽂힌 채 바닥을 나뒹굴고 있다.
농부들과 아낙은 병사의 몸에 꽂힌 화살을 빼내고 있다. 남자, 책
상 밑에서 기어 나온다. 눈앞에 펼쳐진 광경을 망연자실 바라본
다. 백와장군은 고슴도치처럼 화살이 꽂힌 몸을 하고 분에 겨워
무대를 서성인다. 군사와 청와장군만이 공격에서 빗겨난 듯 온전
하다.

남자　(백와장군을 향해) 너도 화살 뽑아.

백와장군　왜요? 상처는 사나이의 명예! 이것이야말로 진정한 군인

31

의 표상입니다.

남자　　안, 안 아파?

백와장군　글쎄요. 잘 모르겠는데요.

남자　　이, 이제 어떡하지?

군사　　조만간 다시 공격이 있을 겁니다. 이번엔 완전히 초토화
　　　　를 시키려 할 것입니다.

남자　　(겁에 질려) 또, 또?!

청와장군　소장이 적군을 막겠습니다.

남자　　너 혼자?

청와장군　맡겨주십시오. 풍전등화와 같은 제국의 운명을 소장이 목
　　　　숨을 바쳐 지키겠습니다.

백와장군　(항의조로) 나는요!

군사　　(어의가 없어) 화살이나 뽑으시오! (남자에게) 청와장군만이
　　　　우리의 희망입니다. 윤허해 주십시오.

남자, 다급히 마우스를 클릭한다. 청와장군의 비상등이 켜진다. 청
와장군, 밖으로 나간다. 병사들, 과장되게 신음소리를 낸다.

군사　　방어에 실패한 것들이 무슨 명목으로 끙끙거려!

병사1　아이고, 군사님. 너무 하십시다요. 이게 저희 책임입니까?
　　　　주인님께서 제대로 명령을 내려주셔야 방어를 하든 공격
　　　　을 하든 하죠.

병사2　(몸의 상처를 보여주면서) 이것 봐요. 온 몸에 구멍이 났어요.

병사3   이젠 죽었으면 죽었지 못 싸워요.

병사4   (불쑥) 엄니! 엄니!

병사들, 막무가내로 주저앉아 훌쩍이기 시작한다.

소리   병사들의 사기가 85퍼센트 하락했습니다. 현재 병사들의 사기는 15퍼센트입니다.

병사들, 더욱 크게 훌쩍인다.

군사   이대로는 안 되겠습니다. 병사들의 사기를 올려야 합니다. 무희를 부르십시오.

남자, 마우스를 클릭한다. 무희가 들어온다. 그녀는 무대 중앙에 자리를 잡는다. 비상등이 켜지자 무희, 춤을 추기 시작한다. 일동, 숨을 죽이고 그녀의 춤을 지켜본다. 바닥에 주저앉아 있던 병사들은 부풀어 오르는 풍선처럼 서서히 몸을 일으키기 시작한다. 그들의 얼굴에 화색이 돈다. 무희의 춤이 끝나자 팡파르 소리가 들려온다.

소리   병사들의 사기가 85퍼센트 상승하였습니다. 현재 병사들의 사기는 100퍼센트입니다.

병사 일동   (과장되게 근육을 만들어 보이며) 사! 기! 충! 천!

군사   사기가 백 퍼센트 충전되었습니다.

남자, 신기한 듯 병사들을 보다가 마우스를 클릭한다. 백와장군과 병사들의 비상등이 켜진다.

백와장군   우리의 원수들을 모조리 까버리자!

백와장군과 병사들, 우렁찬 함성을 지르며 나간다. 남자, 호기심에 찬 시선으로 무희를 바라본다.

군사   제국의 무희입니다.
무희   (정중히 인사를 하고) 아랑이라고 하옵니다.
남자   고, 고마워.
무희   (고개를 숙이며, 어딘지 과장되어) 소녀는 주인님의 종이옵니다. 소녀의 춤이 필요하시다면 언제든지 불러주시옵소서.

무희, 대뜸 고개를 들어 빤히 남자를 쳐다본다. 남자, 당돌한 시선에 얼굴이 붉게 달아오른다.

남자   … 왜, 왜?

무희, 뒷짐을 지고 가볍게 무대를 거닌다. 남자, 조용히 무희를 지켜본다.

무희   내 다리도 0과 1, 내 가슴도 0과 1, 저 산도, 하늘도, 바다도, 이 세상은 모든 게 0과 1이죠. 우린 이진법의 세상에 살고 있으니까요. 하지만 거긴 0과 1, 이런 무의미한 숫자들만 있는 세상이 아닐 거예요. 그렇죠? (남자를 돌아보며) 당신이 있는 그곳 말이에요?

남자, 돌연한 질문에 대답을 하지 못하고 머뭇거린다.

무희   (남자의 얼굴을 바라보며) 당신이 어떤 사람일까 궁금했어요.
남자   (당황하여) ….
무희   (혼자 생각에 잠겨) 어떻게 생겼을까? 목소리는 어떨까? 무슨 옷을 좋아할까? 웃는 모습은 어떨까? 키는 클까? 아니면 작을까?

잠시.

남자   (무희가 대답이 없자, 조심스러워) 내가 새, 생각했던 것하고 달라?
무희   솔직히 다른 건 사실이에요. 난 당신이 지금보다 훨씬 더 잘 생기고 남자다울 거라고 생각했거든요.

군사, 주의를 주듯 헛기침을 한다.

무희	(개의치 않고) 하지만 상관없어요. 당신을 만난 게 중요하니까요.
남자	….
무희	난 당신이 살고 있는 세상을 알고 싶어요. (기대에 차) 그곳에선 어떻게 사랑을 하죠? 사랑하는 연인을 만나면 뭘 하면서 시간을 보내요? 겨울에 내리는 눈은 어떤 감촉이죠? 여름에 바다에서 수영을 할 땐 어떤 기분이에요? 난 알고 싶어요. 하나에서 열까지 모두다! 당신이 알고 있는 모든 걸요. 그곳은 어떤 곳이죠?
남자	… 그, 글쎄.
무희	(재촉하여) 말해 봐요.
남자	… 글쎄.
무희	분명히 그 세상은 멋질 거예요. 그렇죠?
남자	(가볍게 웃음을 머금으며) 내가 있는 세상이 머, 멋있을 것 같애?
무희	당신이 그랬잖아요?
남자	…?
무희	(기억을 떠올리며) 그날이 오면 나는 머리를 하얗게 물들이고 눈이 부시도록 아름다운 이 길을 걸으리라. 혁명처럼 타오르는 열정과 용기로 나를 해방시키고 이 멋진 세상을 사랑하리라.

순간, 남자의 얼굴이 굳어진다.

무희 당신이 열아홉 살이 되던 생일 날 이렇게 말했잖아요.

남자 (당혹감과 불안감에 휩싸여) 그, 그걸 어떻게 알아?

무희 모든 정보는 0과 1. 컴퓨터에 존재하는 정보를 알아내는 건 아무 것도 아니에요. 아무리 겹겹이 암호를 걸어놔도 우리들한텐 식은 죽 먹기죠.

남자 내 일기를 본 거야? 펴, 편지를 봤어!

무희 그게 중요한가요?

남자 (어이가 없어) 주, 중요하냐고? 그건 내 사생활이야. 누구도 봐선 안 될 비, 비밀이라고!

무희 (태연하여) 이 곳에는 비밀이란 없어요. 하드디스크에 저장된 당신의 데이터는 누구나 볼 수 있으니까요.

군사. 난처하여 남자의 눈길을 피한다.

무희 난 저 밖의 세상이 궁금해요. 당신이 말했던 멋지고 아름다운 것들에 대해 알고 싶어요. (신이 나서) 사랑하는 여자한테 선물을 주는 건 아름다운 것이고, 친구와 여행을 가는 건 멋진 것이고, 아버지한테 인정받는 것도 멋진 것이고, 또 옥상에서 밤새도록 별을 보는 건 아름다운 것이죠. (문득 떠올라 셰익스피어의 초상화를 가리키며) 저 사람처럼 되는 것도 멋진 것이고요! (기억을 떠올리며) 셰익스피어! 당신은 작가예요. 글을 쓰는 사람. 재밌어요. 뚱뚱한 여자와 마른 남자의 사랑 이야기는 내가 제일 좋아하는 작품이에요.

자기보다 무거운 여자를 업어주지 못하는 남자가 슬퍼하는 장면은 정말 가슴이 아팠어요.

남자　(조심스럽게) 정말 재밌었어?

무희　그럼요. 당신이 쓴 대사도 모두 외우고 있는 걸요. (대사의 한 대목을 떠올리며) 이상하지? 오랫동안 여기에 있었는데 왜 우린 서로가 있다는 걸 몰랐을까? 어제만 해도 이 세상은 정말 고요했어. 아무 소리도 없었으니까.

남자　(머뭇거리다가, 대사를 받아) 정말 이상해. 왜 우린 서로가 있다는 걸 몰랐을까?

무희　(대사를 받아, 연기를 하듯) 하지만 이 고요한 세상에도 소리가 생겼어. 바로 날 부르는 너의 목소리가….

남자의 굳었던 얼굴이 스르르 풀린다.

남자　나, 나도 내가 쓴 드라마 중에서 제일 맘에 들어. 아직 방송이 되진 않았지만….

무희　사람들은 당신의 이야기를 좋아할 거예요. 분명히! (대뜸 군사에게) 안 그래요?

군사　(순간 당황하여) 그렇습니다. 주인님은 (대뜸 셰익스피어 초상화를 가리키며) 저 사람처럼 유명한 작가가 되실 겁니다.

남자, 기분 좋게 웃음을 머금는다.

남자 아, 아직 데뷔를 하진 못했지만 내 작품을 읽어 본 사, 사람들은 다들 괜찮다고 하기는 해. 재, 재능이 있다는 얘기도 하, 하고. 고등학교 때도 글을 써서 사, 상을 받은 적도 있거든….

무희 (호기심에 차서) 정말? (기억을 더듬으며) 여기에는 그런 기록이 없는 걸요.

남자 ….

무희 (재촉하여) 말해 봐요. 데이터에 없는 당신 얘기를 듣고 싶어요.

남자 (머뭇거리다가 점차 신이 나서) 처, 처음에는 아버지처럼 의, 의사가 되려고, 의대에 가려고 했는데 진로 면담시간에 담임이 소, 소설을 한 번 써보라고 했어. 우리 담임이 구, 국어 선생이었거든. 그래서 별생각 없이 이틀 동안 대, 대충 썼는데 그걸 학교 문학상에 내, 내보라고 하잖아. 저, 정말 기대도 안 하고 냈는데 그게 당선이 됐어. 딱 이틀 동안 써, 썼는데 말이야. 다, 담임이 그랬어. 나, 나한테… 글 쓰는 쪽에 처, 천부적인 재능이 있다고… 그, 그래서… 작가가 되려고 결심을 했지.

무희 정말 멋진 일이에요! 상상 속의 이야기를 사람들한테 들려준다는 건 신나는 일일 거예요. 그 소설은 어떤 내용이었어요?

남자 (멋쩍은 듯 웃으며) 한참이 지나서 잘 기억은 안 나는데 그러니까, 그러니까 그게….

무희	어서 생각을 해봐요. 난 당신의 이야기를 듣고 싶어요.
남자	(생각을 더듬으며) 음… 그 소설에는 천재 과학자가 나오는데, 그 사람은 세상의 모든 걸 알고 있는 사람이었어요. 정말 천재였거든. 하, 하지만 그 사람은 자, 자기가 인간이기 때문에 신에게서 버, 벗어날 수 없다는 절망감에 빠져.
무희	(남자의 이야기에 몰입하며) 그래서요?
남자	그래서. 그 남자는 결심을 해. 인간의 영혼을 분리해서 신한테서 해방되겠다구. 그래서 그 남자는 영혼 분리기를 만, 만들려고….

남자의 말을 끊으며 병사1, 다급히 뛰어 들어온다.

병사1	주인님! 적국에서 사신이 왔습니다.

청와장군, 사신을 데리고 들어온다. 백와장군과 병사들도 급히 뒤따라 들어온다. 백와장군, 청와장군을 밀치고 거칠게 사신의 멱살을 부여잡는다.

군사	물러서시오!
백와장군	이놈을 냅두라고! 나한테 화살을 한 다발이나 쐈는데!
군사	이건 외교적인 문제요. 아무리 적이라도 해도 사신한텐 예의가 있는 법이오.

백와장군, 탐탁지 않아 멱살을 놓는다. 사신, 거만하여 남자를 본다.

사신   당신이 이 나라의 황제요?

남자   (애써 위엄을 갖추고) 그, 그렇다. (사이) 용건이 뭐, 뭐야?

사신   (날카롭게 남자를 쏘아보며) 이 전쟁은 귀국이 시작했소. 우리의 군사를 싸그리 몰살시키고, 그것도 모자라 위대하신 마법사 칼마한 선생의 목을 자르고 암흑성국의 영토인 마법의 성을 무단으로 점거했소. 우리는 귀국의 야만스러운 범죄행위를 규탄하며 다음과 같은 요구를 하는 바요. 귀국의 재정의 반과 농부 한 명, 그리고 무희를 우리에게 양도하시오.

남자   뭐?! (기가 차서) 내, 내가 못 하겠다면?

사신   만약 우리의 요구를 받아들이지 않는다면 곧이어 총공격이 시작될 거요. 전쟁이오!

군사   (다급하여) 여기서 공격이 이어지면 빛의 제국은 멸망하고 말 겁니다. 후일을 기약하십시오.

남자, 황당하고 분에 겹지만 해결책이 없다. 농부1, 한 보따리 짐을 지고 들어온다. 그들을 배웅하기 위해 다른 일꾼들도 들어온다. 사람들, 무희와 농부1에게 작별인사를 한다.

군사   너무 심려 마십시오. 무희와 농부는 반드시 되찾아 올 수 있을 겁니다.

남자   (사이, 무희를 향해) 미, 미안해….

사신, 무희와 농부1을 이끌고 나간다. 잠시 후, 사신 일행이 무대 앞쪽을 지나간다. 남자, 안타까워 무희를 바라본다. 사람들, 힘없이 끌려가는 무희와 농부1에게 손을 흔들어 준다. 병사들과 일꾼들, 노래를 한다.

노래   조국의 꽃다운 처녀 이제 멀리 떠나네
저 붉은 입술을 누가 훔쳐 가는가
저 머나먼 타향 길 얼마나 고단할까
언제 다시 볼까 우리의 벗이여
해가 가고 또 해가 가서 우리가 만나면
모든 슬픔은 잊고 환희의 노래를 부르세

노래를 뒤로 하며, 사신 일행은 무대 앞쪽을 빠져나간다. 일꾼들, 슬픔에 젖어 나간다. 침울한 분위기가 무대를 흐르는데 돌연 둑이 무너지는 굉음이 요란하게 들려온다. 농부2가 급히 뛰어 들어온다.

농부2   홍, 홍수가 났습니다!

남자, 무슨 일인가 하여 고개를 드는데 이번에는 농부3이 급히 뛰어 들어온다.

농부3　　역, 역병입니다. 전염병이 돕니다!

남자, 영문을 몰라 어리둥절하다. 아낙이 뛰어 들어온다.

아낙　　지진입니다! 집이 무너지고 산이 무너져요.

농부들과 아낙　　살려주십시오! 백성들이 길을 잃고 두려움에 떨고 있습니다.

소리　　(경고음과 함께) 국운이 90퍼센트 하락했습니다. 현재 국운은 10퍼센트입니다.

하늘이 무너질 것처럼 요란하게 벼락치는 소리가 들려온다. 다들 놀라 하늘을 올려다본다.

소리　　(경고음과 함께) 국운이 10퍼센트 하락했습니다. 현재 국운은 0퍼센트입니다.

사람들, 겁에 질려 주위를 둘러본다. 위험을 알리는 것처럼 경고등이 어지럽게 점멸하기 시작한다.

군사　　(다급하여) 주인님께서 직접 나서야 하실 것 같습니다.

남자　　내, 내가?

군사　　천제를 올려 국운을 회복하셔야 합니다.

남자　　(순간 당황하여) 나, 교, 교회 다니는데….

일동   (간곡하여) 나라를 구하소서!

무대에 제사상이 차려진다. 사람들, 열을 지어 선다. 모두 경건하여 고개를 숙인다.

남자   (책을 읽는 것처럼) 오, 하늘이시여! 어둠과 혼란이 세상을 지배하는 지금, 정의의 방패로 빛의 제국을 보호하소서.

일동   보호하소서!

군사   (재촉하여) 계속 하십시오.

남자   (하늘을 향해 두 팔을 펼쳐든 모습이 어색하기만 하다) 하늘이시여! 제국의 운명을 축복하소서.

일동   축복하소서!

군사   하늘을 향해 절을 하십시오.

남자, 나름대로 격식을 갖추어 절을 한다. 그러나 여전히 어색하다.

소리   국운이 10퍼센트 상승하였습니다. 현재 국운은 10퍼센트입니다.

남자, 계속하여 절을 한다.

소리   국운이 40퍼센트 상승하였습니다. 현재 국운은 50퍼센트입니다.

갑작스레 남자를 부르는 소리가 들려온다. 사람들 굳은 듯 멈추어
선다.

소리   밥 먹어!

남자   이, 이따가.

소리   국 식는다니까!

남자   나, 바뻐!

소리   차려줘도 못 먹어!

남자   바쁘다니까!

남자, 절을 한다. 게임이 다시 시작된다. 일정한 리듬의 타악기 소
리가 무대로 흘러 들어온다. 마치 주술처럼 들리는 리듬이 서서히
무대를 휘어 감는다. 남자, 그 소리에 감염된 듯 멈추지 않고 절을
한다. 강렬한 리듬, 남자를 내몰 듯 극점으로 내달린다. 남자, 지
쳐간다. 마침내 남자가 쓰러진다. 사람들, 조심스럽게 몸을 일으켜
남자를 바라본다. 잠시 침묵이 흐른다. 남자, 비틀거리며 가까스로
일어선다.

남자   (거친 숨을 몰아쉬며) 제, 제국을 보호하소서. 제국을 보호하
소서. (서서히 내면의 목소리가 깨어나며) 나의 제국을 보호하소
서. 나의 제국을 보호하소서! 내게 힘을 주소서. 내 손에
불멸의 칼을 쥐어주소서. 나를 가로막는 모든 적을 베어
내게 하시고, 그 피로 이 대지를 적시게 하소서! 나의 제

국, 영원한 나의 제국을 세우게 하소서!

남자의 모습, 어둠 속에 묻힌다. 경쾌한 팡파르 소리가 들려온다.

소리　　국운이 50퍼센트 상승하였습니다. 현재의 국운은 100퍼
센트입니다.

제 3 장

남자의 방에 조명이 들어온다. 남자의 모습은 보이지 않는다. 잠시 후, 옆구리에 가득 책을 낀 남자가 급히 들어온다. 그는 컴퓨터 앞에 앉아서 워드 작업을 시작한다. 남자는 시간에 쫓겨 정신없이 책들을 펼쳐보며 자료를 찾는다. 그는 재차 시간을 확인하며 더 빨리 키보드를 두드린다. 얼마간의 시간이 지나고 남자의 작업이 끝난다. 남자, 재빠르게 키보드의 한 키를 누른다.

소리   메일이 전송되었습니다.

소리가 끝나기 무섭게 전화벨이 울려댄다. 남자, 재빨리 수화기를 든다. 남자는 상대방에게 압도된 듯 얼굴에 긴장감이 인다.

남자   어, 나, 나야. 지금 보냈어. (잠시 듣고 있다가) 마, 마음에 들 거야. 내, 내가 언제 약속 어긴 적 있어? (사이) 자, 작품은 잘 돼가?

남자가 말을 다 끝마치기도 전에 전화가 끊긴다. 남자, 대수롭지 않다는 듯 명랑하여 수화기를 내려놓는다. 남자, 신이 난 어린아이처럼 게임을 시작하려고 한다. 그러다 무슨 생각이 들었는지 천천히 손을 들어 보인다. 환호에 답하는 연습을 하는 것처럼 근엄한 표정이다. 남자, 게임을 시작한다.

소리   저장된 게임을 진행합니다.

자막 / 게임 3 단계
　　　임무 : 요새를 방어하라

삼엄하게 경계를 서고 있는 장군들과 병사들의 모습이 보인다. 군사는 무대 한켠에서 생각에 잠겨 있다. 남자는 환호를 대비해 손을 들어 보이지만 남자의 생각과는 달리 무대는 침울하기만 하다. 남자, 멋쩍어 재빨리 손을 내린다.

병사1   아랑은 잘 있을까?
병사2   잊자, 잊어. 물 건너갔어.
병사3   나의 여신, 나의 꿈… (기도하듯) 위대하신 중앙연산처리장치 펜티엄이시여, 우리의 아랑을 보호하소서.
병사4   그러기에 주인을 잘 만났어야지. 이게 뭐야. 제대로 싸워보지도 못하고 온몸엔 화살 구멍이 숭숭 어째 초장부터 심상치가 않다 했어.

군사의 비상등이 켜지지만, 그는 여전히 생각에 잠겨 있다.

병사1　(군사에게) 부르는데요.

군사　(남자에게 쪼르르 달려가며) 부르셨습니까?

남자　자, 잘 돼가?

군사　현재 보시다시피 적의 공격에 남아 난 것이 없습니다. 다행히도 국운이 회복되고, 적의 요구를 받아들여 지금은 조용하지만 원래 간악하기 짝이 없는 자들이라 언제 무슨 짓을 벌일지 알 수가 없습니다.

남자　걔네들은 뭘, 뭘 하고 있어?

군사, 망원경으로 좌중을 살펴본다.

군사　아직까진 별다른 동태를 보이고 있진 않습니다.

청와장군　너무 심려치 마십시오. 이번 공격만 막아내면 요새 방어의 임무를 마치고 다음 단계로 넘어갈 수 있습니다.

백와장군　(못마땅하여) 그걸 누가 모르나? (무대를 가리키며) 봐! 뭐가 있어야지. 산은 홀라당 타버렸지, 땅은 쩍쩍 갈라졌지, 먹을 것도 없지, 숨을 데도 없지, 이거 이러면 안 되지.

청와장군　용맹하기 그지없는 장군께서 무슨 그런 약한 말씀을 하시오?

백와장군　(힐끗힐끗 남자를 보면서) 그러길래 윗물이 맑아야 아랫물이 맑지.

사람들, 백와장군의 뜬금없는 말에 멀뚱히 그를 바라본다.

백와장군   (머쓱하여) 그러길래 하늘을 봐야 별을 따고 님을 봐야 뽕을 따지. (말을 찾다가 부득불 우겨대며) 그러길래 싸나이는 파워! 파워는 힘! 그냥 밀어붙이는 게 최고야! 싸나이가 힘이 없으면 그걸로 끝이야. 뺏느냐, 뺏기느냐, 이게 사나이의 운명이야! (병사들에게) 안 그러냐?

병사들, 수긍을 하듯 고개를 끄덕인다. 남자, 자신을 빗대는 말에 민망하다. 먼발치에서 장엄한 나팔 소리가 들려온다. 일동, 귀를 기울이는데 근엄하게 태황제와 황태후가 들어온다. 태황제는 지팡이를 들었다. 사람들, 바닥에 넙죽 엎드린다. 태황제와 황태후, 다짜고짜 남자 앞으로 다가간다. 남자, 갑작스러운 인물들의 등장에 어리둥절하다.

군사   (남자가 멀뚱히 바라보고 있자) 태황제 폐하와 황태후 마마이십니다.

황태후   황상, 벌써 우리를 잊으셨습니까?

남자   (영문을 몰라) 누, 누구세요?

태황제   (지팡이로 남자의 머리를 때리며) 이놈아, 니 애비도 몰라보냐?

군사   주인님의 아버님과 어머님이십니다. 어서 예를 갖추십시오.

남자   아, 아버지? 엄마?! (당혹감에) 자, 잠깐만! 여기에 왜 엄마 아버지가 나와?

군사   암흑전설의 영웅은 빛의 제국의 시조이신 차차우 태황제 폐하와 몽몽 황태후 마마의 세 번째 아들로 태어나셨습니

다. 위로 두 분의 형님이 계셨지만 첫 번째 형님께선 암흑
성국과의 전쟁에서 전사하셨고, 두 번째 형님께선 병약하
여 그만 일찍 세상을 떠나시고 말았습니다. 그래서 주인
님께서 빛의 제국의 제2대 황제로 즉위하신 겁니다.

남자 (기억을 더듬으며) 그, 그 얘긴 읽은 것 같은데….

군사 주인님의 족보는 게임 설명서 3페이지 영웅의 탄생편에
도표까지 곁들여 자세히 나와 있습니다.

남자 (그제서야 기억이 나는지) 마, 맞아. 영웅의 탄생, 보, 본 것 같애.

남자, 태황제의 시선이 매섭자 슬쩍슬쩍 주위의 눈치를 보면서 엎
드린다.

황태후 쯧쯧쯧, 국정이 힘들지요?

남자 (사람들의 눈치를 보며 머뭇거리다가) 뭐, 별, 별로….

황태후 자, 어서 고개를 들어보세요. 이 애미는 황상의 얼굴이 보
고 싶어 이렇게 달려왔답니다. 어서요.

남자, 난감하여 어쩔 줄을 모르지만 별 수 없이 고개를 든다.

황태후 얼굴이 많이 여위었군요. 어렸을 적엔 '엄마, 엄마' 하면서
그렇게도 이 애미를 쫓아다녔는데, 이젠 장성하여 황제가
되었으니 이 애민 죽어도 여한이 없답니다. (돌연 흐느끼기
시작한다)

남자 …?

황태후 옛적이 그립습니다. 황상이 어렸을 적이 말이에요. 한 번이 애미를 불러보지 않겠어요? 엄마, 이렇게 말이에요.

남자, 도저히 참을 수가 없는지 벌떡 일어선다. 금방이라도 뛰쳐나갈 것 같은 분위기다. 사람들, 간곡하게 남자를 바라본다. 남자, 숙연한 분위기에 헛기침이 절로 나온다. 잠시 침묵이 흐른다.

남자 (머뭇머뭇 거리다가 들릴 듯 말 듯) 어, 엄마. (좀더 크게) 엄마.

사람들, 기다렸다는 듯 감동의 박수를 친다. 병사들은 감격하여 눈물을 훌쩍인다.

황태후 그래요. 내가 엄맙니다!

태황제 (못마땅하여 남자를 쏘아보다가) 내가 여기에 온 즉슨, 나라 돌아가는 꼴을 좀체 참을 수가 없어서다. 내가 너한테 왕위를 물려주고, 조용히 은둔하면서 살고자 만년설궁으로 떠나있었건만, 대체 이게 무슨 꼬라지냐? 내가 어떻게 이 나라를 세웠는데 하루아침에 알거지로 만들어? 거기에다 철천지원수 놈한테 줄줄이 무희에 농부에 재정까지 달랑 떼어주고! 이건 가문의 수치요, 왕조의 수치다. 니 엄마한테 물어 봐! 내가 얼마나 고생해서 이 나라 세웠는지!

남자 ….

황태후   너무 다그치지 마세요. 황상도 생각이 있을 겁니다.

태황제   생각 있는 놈이 저래?

황태후   잘 하실 거죠, 황상?

남자   ⋯ 예.

태황제   쯧쯧쯧, 그러기에 첫째가 죽지를 말았어야 하는 건데⋯. 하늘도 무심하시지.

청와장군 태황제 폐하, 심려치 마옵소서. 황제 폐하께선 제국의 재건을 위해 노심초사 최선을 다하고 계십니다. 폐하께서 손수 천제를 지내시어 국운이 회복되었고, 지금도 백성들은 쉬지 않고 일을 하고 있습니다. 조만간 다시 원래의 모습으로 빛의 제국은 일어설 겁니다. 반드시 적의 공격을 막아내고 암흑성국을 멸망시켜 제국의 통일을 이루실 겁니다.

황태후   맞는 말입니다. 황상은 꼭 제국 통일의 과업을 이룰 거예요. 한 번 믿어보시지요.

태황제는 여전히 불만이 남아 못마땅한 시선으로 남자를 흘겨본다.

태황제   (병사들을 보고) 니놈들은 여기서 뭐하냐? 나가서 훈련해!

백와장군과 병사들, 쫓기듯 나간다.

태황제   (남자를 향해) 잘 해.

남자 예, 예….

군사, 태황제와 황태후를 정중히 모시고 나간다. 남자는 퇴장하는 태황제와 황태후에게 꾸벅 인사를 하고 모습이 보이지 않을 때까지 꼼짝하지 않고 서 있다. 남자, 그들의 모습이 사라지자 안도의 한숨을 내쉰다. 남자, 게임 속의 인물들에게 인사까지 하는 자신의 모습이 한심스럽다. 그렇지만 한편으로는 태황제의 기세에 눌린 듯 어딘가 불안함과 초조함이 엿보인다. 남자, 무엇인가가 떠올랐는지 불현듯 게임 설명서를 뒤적이기 시작한다. 페이지를 넘기던 남자의 손이 멈춘다.

남자 (찾은 대목을 읽는다) 당신의 전략과 국정 운영이 미흡할 경우, 당신은 태황제의 방문을 받게 될 것입니다. 그의 신임을 얻기 위해 부단히 노력해야 할 것입니다. 당신이 제국의 운명을 위험 속에 빠뜨리게 된다면 그는 과감히 당신의 자리를 되찾아 갈 것입니다. 그의 방문에 긴장하십시오. 그의 세 번째 방문을 받게 된다면 게임은 자동 종료될 것입니다. (사이) 자, 자동 종료….

전화벨이 울린다. 남자, 잠시 그대로 있다가 천천히 수화기를 든다.

남자 여, 여보세요? 어, 나, 나야. (사이) 뭐? 화, 화 내지 말고 말해 봐. 뭐, 뭐가 잘못됐는데? 내가 찾은 자료가 다, 다 잘못

됐단 말이야? 난 니가 말해준 대로 했는데… (더욱 더듬으며) 미, 미안해. 내, 내가 착, 착각을 했나 봐. (사이) 그, 그게 무슨 말이야? 내, 내가 잘못한 건 아, 알아. 하, 하지만 내 작품하고 자, 자료 조사가 틀린 거하고 무, 무슨 관계가 있어? 이건 그, 그냥 시, 실수야. (잠시 듣고 있다가 화가 나서) 니, 니가 잘 나가는 작가라는 건 알아. 난 아직 데, 데뷔도 못했지만 나, 나도 열심히 쓰고 있어. 나, 나도 작가가 될 수 있다고! (사이, 기세가 수그러들며) 화, 화내는 거 아니야. 나, 난 그, 그냥…. 아, 알았어. 다, 다시 찾아볼게. 미, 미안해.

남자, 수화기를 내려놓는다. 그는 치밀어 오르는 화를 삭이려 서성이기 시작한다.

남자   (혼잣말로) 비, 빌어먹을 자식.

청와장군   (그런 남자를 말없이 지켜보다가) 우정을 모르는 사람은 친구가 될 수 없습니다. 아무리 명성이 있고, 돈이 많고, 재능이 있다고 해도 말입니다.

남자, 청와장군을 본다.

청와장군   물론 그거야 주인님께서 결정하실 문제이긴 하지만 말입니다. (사이) 전 현실 속의 주인님에 대해선 관심이 없습니다. 허망한 미래를 위해서 작가로 성공한 친구의 뒤치다

꺼리나 하면서 졸졸 쫓아다니든.

남자   …?!

청와장군   사람들 눈치나 보면서 말이나 더듬으며, 습지 식물처럼 골방에 틀어박혀 있든 저하고는 상관없습니다.

남자   뭐, 뭐!

청와장군   하지만 여기서는 다릅니다. 나약한 황제를 믿고 생사를 걸기에는 너무 위험 부담이 크니까요.

남자, 기가 막히고 황당하다. 남자, 말을 잃고 멍하니 청와장군을 쳐다본다.

청와장군   (냉정하여) 나약한 사람은 결코 황제의 자리에 앉을 수 없습니다. 설령 운이 좋아 황제가 되었다 해도 그 자리는 언젠간 다른 사람의 것이 될 것입니다. (사이) 더 이상 제국의 병사들과 백성들을 사지로 내몰지 마십시오. 자신이 없으시다면 여기서 게임을 끝내십시오.

남자   (격분하여) 다, 닥치지 못해!

청와장군   컴퓨터를 꺼버리면 게임은 끝납니다.

남자, 달려들 기세로 주먹을 불끈 쥔다.

청와장군   (도전적으로 바라보며) 아니라면 진정한 황제의 모습을 보여주십시오. 강하고 위대한 황제의 모습을 말입니다.

남자　내, 내가 게임도 하나 못하는 얼간이로 보이나 본데, 좋아. 보여 주겠어. 이, 이제부터 진짜 내, 내 실력을 보여 주겠어!

남자, 충동적으로 마우스를 클릭한다. 곧이어 군사, 백와장군, 마법사와 병사들이 들어온다. 일동, 공손히 허리를 숙여 보인다. 남자, 싸늘하여 사람들을 흘겨본다. 사람들, 갑작스러운 공포 분위기에 몸을 사린다.

남자　(마법사에게) 니가 쓸 수 있는 마법이 세 가지라고?

마법사　그렇습니다. 제가 부릴 수 있는 마법은 세 가지로, 하나는 우박의 폭풍을 부르는 것이며, 또 하나는 사람의 영혼을 가두어 돼지로 변신시키는 것이고, 마지막 하나는 어둠의 병사를 빛의 병사로 만드는 것입니다.

남자, 손을 들어 좌중을 가리킨다. 사람들의 시선이 모두 남자의 손끝을 쫓는다.

남자　(명령하여) 우박을 내려.

군사　(깜짝 놀라) 주, 주인님! 저쪽은 적군이 진을 치고 있는 곳입니다. 가까스로 휴전을 얻어냈는데, 여기서 섣불리 공격을 했다가 반격을 당하면 지금의 상황에선 도저히 막아낼 도리가 없습니다. 이번 임무는 방어를 하는 데 있습니다. 우선 이번 단계부터 끝낸 후에.

남자   (말을 끊으며) 내, 내가 누구야?

군사   예, 예?

남자   (위협적으로) 여기 앉아 있는 내가 누구냐고?

군사   (눈치를 살피며) 우리의 주인님이시며 제국의 황제이십니다.

남자   그럼, 시키는 대로 해!

사람들, 남자의 매서운 시선에 눈치를 보기에 바쁘다.

군사   (남자의 강경함에 초조하여) 장군들, 뭐라고 말씀 좀 하시오.

백와장군   (남자의 눈치를 살피며) 뭐, 나야… 까라면 까야지. 그게 군인의 정신이지.

청와장군   황제께서 명을 내리시면 마땅히 따라야하는 게 도리입니다. 군사께선 폐하의 명을 받드십시오.

군사   …!

마법사의 비상등이 켜진다. 무대 앞쪽에 조명이 떨어지면 미니어처 요새가 보인다. 적군이 진을 치고 있는 곳이다. 마법사, 방울을 꺼내든다. 그는 방울을 흔들기 시작한다. 무대에 미풍이 불어온다. 사람들, 바싹 긴장하여 마법사를 지켜본다. 방울이 미친 듯이 울려대자 불어오는 바람도 점점 강해지기 시작한다. 마법사에게 신비한 빛이 감돈다.

마법사   하늘과 땅을 지배하는 위대한 빛이여. 그대의 힘으로 나를 도우소서. 신성한 빛의 주인이시여. 그대의 권능을 내 앞에 보이소서. 우박의 폭풍이여, 몰아쳐라! 하이스토 템페라! 우박의 화살이여, 쏟아져라! 하이스토 템페라!

별안간 천둥소리가 들려온다. 무대 앞쪽의 미니어처 요새에 우박이 떨어지기 시작한다.

남자　　한 번 더!

마법사　우박의 폭풍이여, 몰아쳐라! 우박의 화살이여, 쏟아져라! 하이스토 템페라!

무섭게 천둥이 치며, 미니어처 요새에 더욱 많은 우박이 떨어지기 시작한다. 얼마간의 시간이 지나자 요새는 완전히 우박에 덮이고 만다. 남자, 손을 들어 좌중을 가리킨다. 장군들과 병사들의 비상 등이 켜진다. 급히 무대를 빠져나간다. 잠시 후, 무대 앞쪽에 장군들과 병사들이 들어온다. 요새를 사이에 두고 적군의 모습이 보인다. 그들은 우박에 맞았는지 온 몸에 붕대를 칭칭 감고 목발을 짚고 있다. 아군은 남자의 명령을 기다리고 있다.

남자　　(진군 명령을 내리듯 손을 치켜들며) 공격—!

아군은 함성을 지르며 적군에게 달려든다. 적군들은 제대로 대적한 번 못해보고 밀리기 시작한다. 그들이 도망치자 아군은 그 뒤를 쫓는다. 군사, 갑작스러운 남자의 변화에 초조감을 감추지 못하며 슬쩍슬쩍 그를 살핀다.

남자　(냉랭하여) 어때? 이만하면 괜찮지?

군사　짧은 시간 동안 실력이 정말 많이 느신 것 같습니다. 장족의 발전이십니다.

남자, 피식 웃는다. 청와장군이 뛰어 들어온다.

청와장군　폐하, 작전이 성공했습니다!

곧이어, 개선가가 들려오면서 병사들이 들어온다. 그들은 적군에게 빼앗은 전리품을 한 움큼씩 매고 있다. 뒤따라 무희와 농부1이 들어온다. 일꾼들도 그들을 환영하기 위해 들어온다. 무희와 농부1, 남자에게 인사를 한다. 남자는 무희를 보자 반가움에 한결 화가 누그러진다.

농부1　구해주셔서 감사합니다, 주인님.

백와장군이 사신을 끌고 들어온다.

사신　놔, 안 놔!

병사1　주인님, 아까 그 사신 놈을 잡아왔습니다!

사신 이러면 안 되는 거야. 원래 3단계는 그냥 방어만 하면 된다니까.

백와장군 니가 화살 쐈지. 니가 시켰지.

사신 거참, 난 사신이라니까 그러네. 위에서 그냥 시키는 대로 하는 사람이야.

백와장군 (칼을 빼어들고 금세라도 벨 기세로) 이걸 그냥!

군사 멈추시오! (남자에게) 포로로 잡혀온 자는 심문을 하여 전향 의사가 있으면 살려주는 게 제국의 법도입니다.

사신 (우물쭈물하다가) 하하하! 역시 천하의 호걸이로다! 신 이 한 몸 다 바쳐 주인님의 충직한 신하가 되겠습니다. (넙죽 절을 하며) 황제 폐하, 만세!

군사 포로가 전향의사를 밝혔습니다.

남자, 물끄러미 사신을 바라본다.

남자 내, 내가 천하의 호걸이라고?

사신 두 말하면 잔소리죠.

남자 그리고?

사신 빛의 제국의 황제이십니다! 또 위대하신 암흑전설의 영웅 이십니다!

남자 (거만하여) 이제 내가 누구인지 분명히 알았지? 이 정도 게 임은 나한텐 식은 죽 먹기야. 다들 알았어?

사람들, 공손히 허리를 숙여 보인다. 남자, 기분 좋게 웃는다.

청와장군   주인님, 판결을 내려주십시오. (남자, 기분 좋게 웃는데) 제국
의 무희를 탐한 죄 죽어 마땅합니다.

남자   (귀를 의심하여) … 뭐, 뭐라고?

청와장군   제국의 무희를 범한 것은 황제를 욕보인 것과 다를 것이
없습니다.

농부1   (울먹이며) 저놈이 우리 아랑 아씨를….

남자, 믿겨지지 않는 상황에 멀뚱히 무희를 바라본다.

남자   (무희에게) 저, 정말이야?

무희, 고개를 돌린다.

남자   (사신에게, 믿겨지지 않아) 니가 저, 저 애를 그, 그랬다고…?

사신, 엎드려 부들부들 떤다. 남자의 얼굴에 격랑이 인다.

군사   (초조하여) 이미 전향 의사를 밝혔습니다. 너그러이 용서해
주십시오.

청와장군   판결을 내려 주십시오, 폐하!

남자   (창백하여) 판결? 좋아.

남자, 일어선다. 사람들, 숨을 죽이며 그의 판결을 기다린다.

남자   (싸늘하여) 저 자식을 죽여.

사신   (벌떡 일어서며) 원래 나 같이 전향한 포로는 안 죽이는데요.

군사   (당혹감에 휩싸여) 주, 주인님, 이러시면 안 됩니다. 전향한 포
로를 살려주는 건 이 게임의 규칙입니다. 숙고하여 주십
시오!

청와장군의 비상등이 켜진다. 사람들, 긴장하여 청와장군을 주시한
다. 그의 칼이 번뜩이며 사신의 목을 벤다. 무희, 질끈 눈을 감는다.
사람들, 경악한다. 남자, 술렁이는 사람들을 찬찬히 둘러본다.

남자   (동의를 구하여) 저런 놈은 이 나라엔 필요 없어. 안 그래?

남자, 동의를 구하듯 무희를 바라본다. 무희, 알 수 없는 절망감에
싸여 천천히 고개를 돌린다. 팡파르 소리, 들려온다.

자막 / 게임 3 단계 임무 완수

        점수 : 1400점

제 4 장

　　　임무 : 어둠의 요새를 점령하라

무대는 어둠 속에 잠겨있다.

소리　　업그레이드(upgrade)를 실시합니다.

망치질을 하고. 금속이 절단되는 소리가 무대를 뒤덮는다. 어둠 속에 잠겨 있던 무대가 서서히 모습을 보이면 농부들은 기계를 조립하는 것처럼 병사들에게 갑옷을 입히고 드라이버로 조이고 망치로 두들겨 무장을 시킨다. 병사들의 모습이 로봇 같다. 남자의 모습이 실루엣으로 어렴풋이 보인다.

군사　　(남자를 향해) 업그레이드를 실시하게 되면 방어력은 기존보다 30퍼센트가 향상되고, 공격력은 50퍼센트가 향상됩니다.

새로운 갑옷을 입은 장군들과 병사들은 예전에 비해서 훨씬 더 우람하고 호전적으로 보인다. 농부들 마지막으로 그들에게 무기를 쥐어준다. 무기도 전보다 훨씬 더 크고 공격적이다. 경쾌한 팡파르소리, 들려온다.

소리　업그레이드가 완료되었습니다.

조명, 서서히 정상으로 돌아온다. 남자의 모습이 또렷이 보인다. 남자, 컵라면을 먹고 있다. 셰익스피어의 초상화가 걸려있던 자리에 나폴레옹의 초상화가 걸려있다. 군사, 무장한 장군들과 병사를 돌아보며 확인을 한다.

군사　어떻소?

백와장군　(만족스러워) 군인의 생명은 자세야. 폼생폼사! 폼 나잖아!

병사들, 갑옷이 무거운지 움직이는 게 여의치가 않다.

청와장군　모든 준비가 끝났습니다.

남자, 허겁지겁 컵라면을 비운다.

남자　(입을 닦으며) 브리핑.

군사　현재 상황에 대해 말씀드리겠습니다. 현재 암흑성국의 모든 부대가 어둠의 요새로 속속히 집결하고 있습니다. 어둠의 요새는 암흑성국으로 들어가는 관문이자 저들에겐 물러설 수 없는 최후의 보루입니다. 제국의 통일을 위해 기필코 어둠의 요새를 점령해야만 합니다. 그 어느 때보다 신중한 작전이 필요하다 사료되옵니다.

남자 (병사들을 둘러보며) 이 정도면 승산이 있겠지?

청와장군 우리는 거칠 것이 없는 무적의 군대입니다. 암흑성국의 방어선을 돌파하는 건 시간 문제일 뿐입니다.

군사 물론 우리의 군사들이 최고의 수준으로 향상된 건 사실이지만 필시 암흑성국에서도 이에 맞설 만한 준비가 되어있을 겁니다. 전쟁의 승패는 이제부터라고 해도 과언이 아닙니다.

백와장군 거참, 그냥 밀어버리면 된다니까!

군사 이제 우리의 상대는 일개 장수들이 아니라 암흑성국의 대왕 포톤이오.

병사들, '포톤'이라는 이름에 겁을 먹고 슬금슬금 뒷걸음질을 친다.

남자 포톤….

백와장군 (대뜸) 나쁜 놈입니다, 그놈!

군사 그자는 무예가 출중하고 지략이 밝아 앞으로의 전쟁은 고전을 면치 못할 것입니다.

청와장군 설령 그렇다 해도 주인님과는 감히 대적치 못할 겁니다. 여기서 시간을 주면 오히려 저들의 방어력만을 키워줄 뿐입니다. 늦기 전에 기선을 제압해야 합니다.

군사   어허! 신중들 하시오. 공격을 하려면 먼저 철저히 전략부터.

남자   (말을 끊으며) 공격해.

군사   (난감하여) 옛 성현의 병법서에 따르면 적을 치기 전에 먼저….

남자   (나폴레옹 초상화를 가리키며) 저, 저 사람이 누군지 알아?

일동, 나폴레옹 초상화를 바라본다.

남자   나폴레옹이라는 사람이야. 아주 위대한 사람이지.

백와장군   (대뜸) 왜요?

남자   왜? (사이) 거대한 제국을 세웠으니까… 별 볼 일 없는 가문에 돈도 없고 빽도 없었지. 오직 자기 힘으로만 황제의 자리에 올랐어. 키, 키가 백육십도 안 되는 저 짱딸마니가. 황제한텐 과감성이 필요해. 기회를 포착하는 능력이 필요하지. (군사에게) 너처럼 병법서만 뒤지고 있다간 백날 가봐야 그 자리야. 이번 작전은 청와장군이 군대의 통솔을 맡는다.

백와장군   (깜짝 놀라) 예! 왜, 왜 쟤가 통솔을 해요? 짬밥도 내가 더 많은데!

남자   (쏘아보며) 너, 말대꾸하지 마.

청와장군   명을 받들겠나이다!

백와장군, 불만이 가득하지만 남자의 위엄에 입을 열지 못한다.

군사   주인님, 다시 한 번 재고를….

청와장군   (칼을 치켜들고) 어둠의 요새를 점령하라!

장군들과 병사들의 비상등이 켜진다. 무대를 빠져나간다. 군사, 근심 어린 얼굴로 나간다. 남자는 의자에 깊이 몸을 묻는다. 남자, 생각에 잠긴다. 남자, 몸을 일으킨다. 턱을 괸 채 손가락으로 톡톡 책상을 두들긴다. 망설이던 남자, 마우스를 클릭한다. 잠시 후, 무희가 들어온다.

무희   부르셨습니까?

남자는 힐끗 무희를 보더니 슬며시 고개를 돌린다.

무희   (남자가 말이 없자) 분부가 없으시다면 이만 물러가겠습니다.

남자   (나가려 하자) 가, 가지 마.

무희, 걸음을 멈춘다. 그들 사이에 어색한 침묵이 흐른다. 무희, 물끄러미 나폴레옹 초상화를 본다.

무희   (어색함을 깨려는 듯) 저 사람도 작가인가요?

남자   아, 아니. 황제였지. 세계사를 바꾸어 놓은 사람이야.

무희   당신하곤 어울리지 않는 사람이군요.

남자   … 나, 나랑 어울리는 사람은 누군데?

무희   (기억을 떠올리며) 셰익스피어… 셰익스피어처럼 되고 싶다고 했잖아요.

남자   (피식 웃으며) 십 년 전에 그런 말을 썼었지. 내 생일 날 일기에다. 세상이 멋지다고 생각했을 때….

그들 사이에 다시 어색한 침묵이 흐른다.

남자   그, 그 자식을 죽였으니까 복수는 한 거야.

무희   (사이) 당신은 규칙을 깼어요.

남자   재판을 한 거야. 그리고 정의로운 판결을 내렸지. 내, 내가 마땅히 해야 될 일이었어. 난 너희들의 황제니까.

무희   … 황제?

남자   그래, 황제.

무희   당신은 글을 쓰는 사람이에요. 작가예요.

남자   (자조 섞여) 아, 아무도 인정해 주지 않는 작가? 누구도 날 작가라고 생각하는 사람은 없어. 그냥 작가를 꿈꾸는 사람, 아니면 빈둥빈둥 노는 백수라고 생각하지.

무희   (안타까워) 당신은 가능성이 있어요. 다시 시작해요. 이 전쟁놀이를 끝내고 글을 써요.

남자   전쟁놀이라고? 그, 그렇지 않아. 청와가 날 깨닫게 만들었어. 나한테 그러더군. 더 이상 제국의 병사들과 백성을 사지로 내몰지 말라고. (진지하여) 나, 난 책임감을 느끼게 됐어. 내 말 한마디에 일사불란하게 움직이고, 내 명령에 기꺼이 목숨을 바치는 충직한 백성들을 위해서 나도 뭔가를 해야 된다는 사실을 깨달은 거야. 이 세상을 책임져야 한다는 걸 말이야.

무희 여긴 당신이 책임져야 될 세상이 아니에요. 당신이 책임져야 될 세상은 저 밖에 있어요.

남자의 얼굴에 불현듯 냉랭함이 돈다.

무희 돕고 싶어요.

남자 날, 돕는다고?

무희 당신이 돌아갈 수 있게 말이에요.

남자, 어이가 없다는 듯 피식 코웃음을 터뜨린다.

남자 니가 그랬었지? 내가 사는 세상엔 0과 1, 이 무의미한 숫자 말고 다른 무엇이 있을 거라고. 그래, 있지. (점차 격한 감정에 휩싸이며) 좌절, 고통, 권태, 슬픔, 이별, 증오, 분노, 분노! 목을 매겠다고 협박을 해도, 아침에 눈을 뜨면 꿈에 그리던 파라다이스에 가 있기를 바라지만 아무 것도 변하는 건 없어. 늘 똑같이 여기에 있을 뿐이야. 언제나 이렇게 혼자… 아버지도, 사랑했던 여자도, 이 세상의 누구도, 찾아오지 않았어. 잊혀진 무인도처럼 이 세상에 혼자 떠있는 거야. 열일곱 천재 소년은 파산했어. 아버지의 말대로 그건 그냥 소가 뒷걸음질을 치다가 쥐를 잡았던 거야. 난 치열하지도 당당하지도 못해. 떠나버린 그 여자의 말처럼 별 볼일 없는 삼류일 뿐이야. (자조 섞여) 날 데리고 어딜 갈 거야?

잠시 침묵이 흐른다. 무희, 남자의 모습에 깊은 슬픔을 느낀다.

무희　(침울하여) 사람들은 왜 서로에게 상처를 주죠? 아물지 않을 상처를….

남자　타고난 습성이겠지.

무희　당신은 그 사람들하고는 달라요.

남자　(단호하여) 힘이 없다는 거. 그게 다를 뿐이야. 하지만 이젠 나도 힘을 얻었어. 세상을 움직일 수 있는 힘.

무희　(절망감에 싸여) 이건 게임일 뿐이에요. (돌연 두려움에 사로잡혀) 위험한 게임….

남자　사과하고 싶었어. 널 지키지 못한 내 무능함에 대해서…. 하, 하지만 이젠 걱정하지 않아도 돼. 다신 이런 일이 없을 테니까. (명랑하여) 가서 쉬도록 해. 난 작전이 제대로 돌아 가고 있는지 봐야 되니까.

무희, 무슨 말을 할듯하다가 힘없이 돌아선다.

남자　(나가는 무희를 향해) 다, 다신 널 뺏기지 않아.

무희, 걸음을 멈추고 남자를 바라본다. 무희, 천천히 시선을 거두어 나간다. 군사, 들어온다.

남자   작전 상황은?

군사, 망원경으로 좌중을 살핀다. 무엇인가 이상하다. 군사, 눈을 껌벅이며 몇 번이고 망원경을 들어 살펴본다.

군사   (두려움에) 아, 아군이 보이질 않습니다. 장군들도, 병사들도 보이질 않습니다.

남자   …?

무엇인가가 무대로 날아 들어온다. 다시 무엇인가가 연거푸 날아 들어온다. 군사, 조심스럽게 다가간다. 군사, 그것을 들어보는데 병사의 잘린 머리다. 군사, 기겁을 하고 물러선다. 무대 앞쪽에 포톤의 모습이 보인다. 그는 피가 흥건히 묻어 있는 도끼를 들고 있다. 거대한 체구와 살기 어린 눈초리가 남자를 압도한다.

포톤   (도끼로 남자를 가리키며, 쩌렁쩌렁하여) 니가 암흑전설의 영웅이냐? 선물이 마음에 드냐? 장군이란 것들은 꽁무니가 빠져라 도망을 치고 잡혀온 것들은 살려달라고 아우성. 모조리 꼬챙이에 꿰어서 매달아 세우고 알맞게 구웠지. 찍소리도 못하고 죽더구만. 무적군대?! (벼락처럼) 이런, 시건

방진 놈! 감히 나한테 도전을 해!

포톤의 위협에 남자, 뒤로 주춤 물러선다. 그의 몸이 떨린다.

포톤   (그런 남자를 쏘아보다가 한바탕 웃어젖히고) 계집아이처럼 바들
바들 떠는 모습이 가관이구나. 이런 놈이 암흑전설의 영
웅이라고? 아무짝에도 쓸모없는 놈이 용케도 그 자리에
앉아 있구나. 조금만 기다려라. 내가 찾아가마. (도끼를 치켜
들며) 이 도끼로 니 목을 잘라주마.

포톤, 사라진다. 남자의 얼굴이 창백하다.

군사   (병사들의 머리를 보면서) 모조리 몰살을 당하다니….

장군들이 들어온다. 그들은 가까스로 살아난 것처럼 얼굴은 피범
벅이고 머리는 망나니처럼 풀어헤쳐져 있다. 군사, 망연자실해 그
들을 본다. 장군들, 풀썩 무릎을 꿇는다.

군사   이, 이게 어떻게 된 거요?
청와장군 매복해있던 적군한테 기습을 당했소.
군사   (귀를 의심하여) 뭐, 뭐요?
백와장군 어디에 숨어 있었는지 개떼로 덤비는데 나 죽는 줄 알았
다니까! 이게 웬 개망신이야!

군사　　(영문을 몰라) 그럴 리가 없는데…. 이번 단계에선 저들은 방어만 하게 되어 있단 말이요.

청와장군　우리가 게임의 규칙을 깨자 저들도 게임의 규칙을 깬 겁니다. 이젠 아무도 이 전쟁의 승패를 예상할 수가 없게 되었소.

백와장군　(퍼질러 앉으며) 이제 어떡해요? 이러다가 잡히면 꼬치구이 신세라고.

청와장군　(남자의 안색을 살피며) 괜찮으십니까?

남자　　(기억에 각인시키려는 듯) 포톤이라고 했지? 그 자식 이름이?

청와장군　그렇습니다.

남자　　(천천히 숨을 고르고) 좋아. 정면대결을 원한다면 그렇게 해주지.

남자, 마우스를 클릭한다. 무대 한켠에 조명이 떨어지면 정렬해있는 농부들과 아낙의 모습이 보인다. 그들은 무표정한 얼굴로 마네킹처럼 서 있다.

남자　　시작해.

소리　　병사를 양성합니다.

그들의 비상등이 일제히 켜진다. 아낙, 로봇처럼 꾸벅 허리를 앞으로 숙인다. 그 뒤로 농부1이 선다. 농부1, 로봇처럼 허리를 앞뒤로 움직이기 시작한다. 농부1이 옆으로 비끼자 농부2가 아낙의 뒤에서 허리를 움직인다. 그 다음에는 농부3이 아낙의 뒤로 간다. 농부들의 행동이 쉬지 않고 반복된다. 순간, 그들의 움직임이 멈추며 아기의 울음소리가 들려온다. 유모차가 무대로 들어온다. 모두 넉 대이다. 거기에는 아기들이 타고 있다. 그러나 수염까지 있는 얼굴에 우유병을 물고 있는 모습이 그로테스크하다. 유모차에 타고 있던 아기들이 벌떡 일어선다. 멜빵바지를 입었다. 우유병을 물고 있는 아이들에게 갑옷을 입히고, 투구를 씌운다.

소리   병사 양성이 50퍼센트 진행되었습니다.

아이들은 점점 병사들의 모습에 가까워진다. 그들의 눈에 살기가 등등하다. 마침내 그들은 완전한 병사가 된다. 경쾌한 팡파르 소리, 들려온다.

소리   병사가 양성되었습니다.

병사들, 남자 앞에 정렬한다.

남자   (찬찬히 병사들을 둘러보고, 연설조로) 제군들은 위대한 제국의 통일을 위해 태어났다. 제군들의 어깨에 제국의 미래가 걸려 있다. 찬란한 제국의 영광을 위해 물러서지 말고 싸워라! 우리를 가로막는 모든 적을 베어내 그 죄를 받게 하라! (황제의 위엄으로) 싸워라! 쟁취하라! 승리하라!

병사들의 비상등이 켜진다.

병사 일동 (칼을 치켜들고) 우리의 원수 포톤을 죽이자!

병사들, 함성을 지르며 몰려 나간다.

백와장군 (병사들을 뒤쫓으며) 얼레? 나도 가!

남자를 지켜보던 청와장군, 만족스러운 듯 박수를 친다. 남자, 뜬금없는 박수소리에 청와장군을 본다.

청와장군 이제 주인님은 진정한 황제가 되신 겁니다. 나약한 모습은 모두 사라졌습니다. 진정한 영웅의 기백만이 넘치고 있습니다.

군사 (청와장군의 시선에 못 이겨) 그렇습니다. 지금의 주인님께선 예전의 모습이 아니십니다. 정말 장족의 발전을 하셨습니다.

남자 (우쭐하여) 너희들의 공이 크다.

청와장군 (무릎을 꿇으며) 소장 청와장군, 충심으로 폐하를 보필하겠나이다!

남자, 기분 좋게 고개를 끄덕인다. 남자와 청와장군 한바탕 기분 좋게 웃는데 장엄한 나팔 소리가 들려온다. 일동, 긴장감에 휩싸인다. 곧이어 태황제와 황태후가 들어온다. 청와장군과 군사, 바닥에 넙죽 엎드린다. 남자도 조심스럽게 엎드린다.

군사·청와장군 홍복을 누리소서!

태황제, 매섭게 남자를 쏘아본다. 남자, 푹 고개를 숙인다.

태황제 (주위를 둘러보고) 다들 어디 갔냐?

청와장군 포톤의 목을 치러 갔습니다.

태황제 목을 치러 가? 그렇게 당하고도 정신을 못 차려!

청와장군 이번에는 반드시 방어선을 뚫을 수 있을 것이옵니다.

태황제 저놈은 입이 없냐? 왜 니가 나서. (지팡이로 때리며) 니가 황제야!

황태후 고정하세요, 폐하.

태황제 (남자를 보고) 나도 속 편히 한 번 살아보자. 이 노인네를 두 번씩이나 이 먼 길을 오게 만들어.

황태후 (근심 어려) 황상, 그 말이 사실입니까?

남자 … 예, 예?

황태후 규칙을 어기셨다는 거 말입니다?

남자 (난처하여) 그, 그게….

태황제 지금 니놈 하나 때문에 이 세상이 뒤죽박죽이 되어버렸어. 저 포악한 놈들도 지키는 규칙을 니놈이 깨? 내 아들 놈이! 이제 이 애비가 무슨 면목으로 얼굴을 들고 다녀!

황태후 분명히 무슨 연고가 있을 거예요. 얘기라도 좀 들어보세요. 황상, 어찌 된 사연인지 폐하께 말씀해 보세요. 어서요.

남자 (머뭇거리다가) 사, 사신이 무희를 범했습니다. 그, 그래서….

태황제 (기가 막혀) 뭐야? 그깟 계집 하나 때문에 규칙을 깨?

남자 하, 하지만.

태황제 이 애비가 니 머리에 왕관을 씌어줄 때 뭐라고 그랬냐? 대의명분이 없는 세상은 암흑이며, 황제는 대의명분을 지키기 위해 목숨을 걸어야 한다고 그토록 얘기를 없건만 니 놈은 귀가 먹었냐! 이 애비가 한 말을 여태 뭘로 들었어? 이 애빈 니 나이 때 세상을 품에 안고 천하를 호령했다. 저 거친 광야를 질주하면서 제국의 통일을 꿈꿨어. 그런데 내 아들놈이란 게 다른 것도 아니고 고작 치마 두른 계집 하나에 세상의 규칙을 깨고 대의명분을 더럽혀! (절망에 사로잡혀, 한숨을 연발하며) 될성싶은 나무는 떡잎부터 알아본다고 어릴 적부터 뭐 하나 제대로 하는 게 없더니만 죽도록 고생해서 세운 나라 지 품안에 안겨줘도 그거 하나 못 챙겨. 미련한 놈.

남자 ….

태황제 (지팡이로 남자의 머리를 때리며) 규칙이 무너졌으니 이제 이 세상은 걷잡을 수 없는 혼란 속에 떨어질 거야. 이제 이 나라도 끝났어. 망했다고. (울상이 되어) 그래서 첫째가 살았어야 하는 건데… 어떻게 가지 말아야 놈은 가고 쭉정이만 남았노.

황태후 폐하, 말씀이 지나치십니다. 쭉정이라뇨?

태황제   이게 다 당신 책임이야! 애를 어떻게 키웠길래 저 모양이야!

황태후   폐하께서 그렇게 역정만 내시니 황상이 기를 피고 살겠습니까?

태황제   그래, 내가 역적이다. 저런 놈을 황제에 앉혔으니 내가 역적이야.

황태후   폐하!

남자   (안절부절하다가) 저, 저도 최선을 다하고 있습니다.

태황제   하긴 니놈이 하는 게 고작 이거지. 그나마 망하지 않고 여태까지 버틴 것도 용타, 용해.

남자   (충동적으로) 그, 그자는 죽어 마땅한 자였습니다. 아랑을 범했습니다. 아랑은 제가, 제가….

남자가 말을 멈추자 사람들 재촉하여 주시한다.

남자   (용기를 내어) 아랑은 제가 사, 사랑하는 여자입니다.

태황제   (어이없어) 일국의 황제라는 게 계집 치마폭에 싸여서 잘 하는 짓이다. (지팡이로 때리며) 대가리에 피도 안 마른 놈이 뭔 놈의 사랑이야!

남자   (버럭) 저, 저도 이제 스물일곱입니다!

태황제   (깜짝 놀라) 이놈이 어따 대고 소리를 질러?

태황제, 지팡이로 남자의 머리를 때린다. 남자, 지팡이를 붙잡는다. 태황제, 지팡이를 잡아당기지만 남자의 힘에 밀려 뺏지를 못한다.

태황제 놔! 안 놔, 이놈아!

남자, 천천히 지팡이를 놓는다.

남자 (애원조로) 제발 그, 그만 좀 하세요. 저도 할 만큼 하고 있습니다. 천제를 올려서 국운을 회복하고, 작전을 세워 승리를 하고, 병사를 양성했습니다. 절 좀 믿어주세요. 저도 잘할 수 있다고요.

태황제 (경멸하여 쏘아보며) 니놈을 믿을 바엔 차라리 돼지를 믿는다.

황태후 폐, 폐하!

태황제 돼지만도 못한 놈!

남자, 일어선다. 폭발할 것 같은 그의 내면이 그를 현실과 가상의 경계선으로 위태롭게 내몬다. 좌절, 분노, 증오, 모멸감이 눈물이 되어 흘러내린다.

남자 이 나라는 제 것입니다. 이제는 아버지의 나라가 아니라고요. (악을 쓰며) 내가 제국의 주인이에요! 내가 제국의 황제라고요! (사이) 어, 언제나 그러셨죠. 언제나 그러셨어요. 내가 하는 일이라면 늘 우습게 아셨잖아요? 내, 내가 삼류

인생이라고 생각하시죠? 아, 아뇨. 잘못 아신 거예요. 나도 잘 할 수 있는 게 있어요. 나, 나도 사람들한테 인정받을 수 있다고요. 그깟 의사 나부랭이가 안 됐다고 인생이 끝난 건 아니에요. 그깟 규칙 하나 깼다고 세상이 바뀌는 건 아니라고요. 아시겠어요? 난 위대한 황제가 될 거예요. 아버지가 보란 듯이 말이에요! 당당하게, 품위있게, 멋있게, 아름답게, 내 삶을 살겠어요. (잔인한 증오에 사로 잡혀) 이젠 누구도 내 제국을 뺏어갈 순 없어요. (발악하여) 내 앞에서 사라져요! 없어지라고요!

충격에 젖은 사람들, 할 말을 잃고 멍하니 남자를 바라본다. 잠시 침묵이 흐른다. 태황제, 남자를 힐끗 보고는 고개를 돌린다.

태황제   (헛기침을 몇 번하고) 잘 해….

태황제, 아까와는 달리 확연히 기세가 꺾인 모습으로 맥없이 나간다. 그의 꾸부정한 모습이 안쓰럽다. 황태후가 그를 부축하여 나간다. 군사, 다급히 뒤를 따른다.

청와장군   이제 한 번 남았습니다. 다음에는 폐하의 왕위를 가져가실 겁니다.

침묵이 흐른다.

청와장군   태양이 두 개일 수는 없습니다.

남자의 얼굴에 가볍게 경련이 인다. 분노와 증오의 잔상은 서서히 악마적인 웃음으로 변해간다. 그의 눈빛이 두렵다. 광풍이 몰려온다.

남자   (서늘하여) 태양은 하나면 족해.

청와장군의 비상등이 켜진다. 청와장군, 무대를 빠져나간다. 잠시 후, 무대 서서히 어두워져 남자의 얼굴만이 보인다.
긴박감을 더하는 음악이 무대를 흐른다. 무대 앞쪽에 태황제와 황태후의 모습이 보인다. 그들은 먼길을 재촉하고 있다. 그들의 앞에 복면을 쓴 자객이 나타난다. 음악의 템포가 빨라지며 더욱 긴박감 속으로 몰아넣는다. 태황제, 지팡이를 들어 저항한다. 음악이 클라이맥스에 다다른다. 자객의 칼이 태황제를 찌른다.

무대는 어둠 속에 잠겨 있다. 서서히 밝아져 오면 도열해 있는 청와장군, 군사, 무희, 마법사, 일꾼들의 모습이 보인다. 그들은 상복을 입고 있다. 개선가가 들려온다. 곧이어 백와장군과 병사들이 들어온다. 백와장군은 포톤의 도끼를 메고 있다. 백와장군, 남자 앞으로 쪼르르 달려간다.

백와장군   주인님! 이겼습니다! 요새를 점령했어요. (도끼를 내밀며) 포톤의 도끼입니다. 그 포톤이가 얼마나 급했는지 도끼까지 버리고 냅다 도망갔습니다.

남자   (물끄러미 보다가) 수고했어.

백와장군   (분위기가 심상치가 않자) 근데 뭔 일이래?

남자   (침착하여) 오늘 나의 부친이신 태황제 폐하와 모친이신 황태후 마마께서 피살되셨다.

백와장군   (까무러치게 놀라며) 예! (격분하여 칼을 빼들며) 포톤이, 이놈이!

남자   빛의 제국의 시조이신 태황제 폐하와 황태후 마마의 비극적인 죽음에 대해 간단히 예를 올리고자 한다. 모두들 충심으로 예를 올려라.

일동, 숙연하여 '아ー이ー고, 아ー이ー고' 곡을 하기 시작한다. 얼마간 지나 곡이 끝난다.

남자   내 부모님을 살해한 포톤 대왕을 기필코 처단하여 이 원수를 갚을 것이다. 너희들은 동요하지 말고 각자 맡은 일에 충실해라.

일동   명심하겠습니다.

남자   청와장군을 대원수로 삼아 제국의 모든 군사를 맡길 것이다. 최후의 결전을 위해 만반을 기하라.

청와장군   명을 받들겠나이다!

백와장군   잠깐만요! 왜 자꾸 쟤만 시켜요? 짬밥은 내가 더 많다니까요!

남자   (무시하고) 해산.

사람들, 무겁게 발걸음을 옮긴다.

백와장군   (방백, 격분하여) 왜 재만 감싸고도는 거야. 짬밥을 먹어도 내가 더 먹었는데 왜 재만 승진시켜? 나 백와장군, 군인의 명예를 걸고 싸웠고, 충성을 다해 주인을 모셨어. 이건 나에 대한 배신이야, 배신! 도저히 못 참어! 이제는 못 참어! (칼을 뽑아들고) 반란이다!

소리   (경고음과 함께) 백와장군의 충성도가 70퍼센트 하락했습니다. 현재 충성도는 15퍼센트입니다.

백와장군, 칼을 치켜들고 남자에게 다가간다. 사람들 혼비백산하여 도망친다. 청와장군이 백와장군의 앞을 가로막는다.

백와장군   너 죽어!

청와장군   (칼을 뽑아들며, 기다렸다는 듯) 너하곤 승부를 내고 싶었어.

백와장군   이게 막판까지 반말이네! 너 진짜 죽어!

두 장수, 서로에게 칼을 겨누며 선다. 긴장감이 흐른다. 번뜩이는 칼날. 칼싸움이 벌어진다. 팽팽한 접전. 기어이 청와장군의 칼이 승부를 가른다. 백와장군, 풀썩 주저앉는다.

백와장군   (남자를 보고) 왜… 나만… 미워해….

백와장군, 쓰러진다. 팡파르 소리, 들려온다.

자막 / 게임 4 단계 임무 완수

　　　점수 : 3840점

뒤이어 들려오는 경고음.

자막 / 벌점 : 3600점

막간극

무대 앞쪽은 박물관이 된다. 포톤의 도끼가 승전을 기념하는 것처럼 전시되어 있다. 완장을 찬 병사1, 농부들과 아낙을 인솔해 들어온다. 사람들은 '충성방문단' 이라고 쓰여 있는 현수막을 들고 있다. 병사1, 도끼 옆에 선다.

병사1 (웅변조로) 위대한 암흑전설의 영웅이시며, 친애하는 제국의 지도자이신 황제 폐하께서는 친히 군사를 이끄시어 저 간악무도한 악의 도당을 단칼에 무찌르셨습니다!

사람들, 감동하여 박수를 친다. 농부1, 소변이 마렵다.

병사1 (더욱 과장되어) 백전-백승-! 가는 길엔 오직 승리뿐! 누가 감히 우리의 영웅과 맞서랴! 악의 화신 포톤마저 경외와 존경을 바치는 우리들의 위대하신 황제 폐하를 위하여 우리들은 분골쇄신! 충성! 충성! 충성을 다 해야 할 것입니다! 제국 통일의 역사적 과업을 위하여 우리 모두 진군합시다!

사람들, 감동에 겨워 눈물을 훌쩍인다. 사람들, 도끼 앞에 서서 현수막을 내걸고 기념 촬영을 한다. 병사1, 옆으로 자리를 옮긴다. 조명 떨어지면 잘려진 백와장군의 머리가 보인다. 농부1, 괴로워 몸을 꼰다.

병사1   (변사처럼) 비극적인 배신자의 말로!

사람들, 경멸하여 침을 뱉는다. 병사1, 옆으로 자리를 옮긴다. 태황제의 지팡이가 보인다.

병사1   (물끄러미 보다가) 묵념.

사람들, 묵념한다. 농부1, 얼굴이 창백하다.

병사1   (감동하여) 위대한 암흑전설의 영웅이시며, 친애하는 제국의 지도자이신 황제 폐하께서 우리의 불공대천지원수(不共戴天之怨讐) 포톤의 도끼를 빼앗으신 그 영광된 자리! 역사에 길이 남을 제국 통일의 선봉! (숨을 고르고) 어둠의 요새로 가보겠습니다.

병사1, 인솔하여 나가려는데 농부1, 도저히 못 참겠는지 번쩍 손을 든다. 일동, 그를 주목한다.

농부1   (가까스로) 저어-.

사람들 매섭게 쏘아본다. 농부1, 슬금슬금 눈치를 보다 손을 내린다. 병사1, 인솔하여 나간다. 농부1, 바지춤을 움켜잡고 비틀비틀 따라 나간다.

제 5 장

자막 / 게임 5 단계

　　임무 : 제국을 통일하라

어둠 속에 잠겨있던 무대, 서서히 밝아진다. 청와장군, 팔짱을 끼고 자신만만하여 좌중을 바라보고 있다. 군사, 무대 구석에 꾸부정 서 있다. 병사2, 3, 4는 각기 창, 도끼, 갈고리를 들었다. 건들거리며 삐딱하게 서 있는 모습이 군인이라기보다는 불량배 같다.

남자의 방에 조명이 들어온다. 책상 위에 거울이 놓여져 있다. 남자는 거울을 보며 무엇인가를 열심히 매만지고 있다. 거울에 가려서 남자의 모습이 제대로 보이지 않는다.

완장을 찬 병사1, 급히 들어온다. 절도 있게 부동자세로 선다. 병사들, 병사1을 물끄러미 바라본다. 병사1, 머쓱하여 완장을 벗어 던지고 그들처럼 삐딱하게 선다. 잠시 침묵이 흐른다. 사람들, 남자가 말이 없자 고개를 돌려본다.

남자　　(거울 뒤에서) 시작해.

마법사가 들어온다. 무대 앞쪽에 경계를 서고 있는 적군들의 모습이 보인다. 마법사의 비상등이 켜진다.

마법사 (기를 모으듯 손을 움직이며) 위대한 마법의 신 오르가여! 정의
의 수호자 오라가여! 그대의 마법으로 빛의 제국을 수호
하소서! 그대의 검으로 암흑의 군단을 몰아내소서! 세라
폰테모 세라폰테모! 태양의 병사가 되어라! 세라폰테모
세라폰테모! 빛의 병사가 되어라!

청명한 종소리가 들리면서, 적군1의 비상등이 켜진다.

적군1 (돌연) 황제 폐하, 만세!

적군들, 깜짝 놀라 그를 본다. 적군1, 칼을 빼어들어 공격을 한다.
적군들, 속수무책으로 공격을 받는다. 적군들, 혼비백산해 도망친
다. 적군1, 살기가 등등하여 적군을 찾는다. 적군들, 숫자가 곱절
이 되어 몰려온다. 적군1과 칼싸움을 벌인다. 그러나 수적으로 열
세인 적군1, 적군들의 공격에 쓰러진다.

마법사 (그 광경을 지켜보다가, 서둘러) 성스런 태양의 지배자여! 그대
의 불길로 어둠의 영혼을 태우소서! 영혼을 지배하는 천
상의 주인이여! 저승의 문을 열어 어둠의 영혼을 가두소
서! 트라스타 파이드로! 변신하라, 변신하라. 트라스타 파
이드로! 돼지가 되어라!

순간, 무대 앞쪽의 조명이 꺼진다. 돼지가 울어대는 소리가 요란하

게 들려온다.

청와장군 (남자를 향해) 사냥을 하실 시간입니다.

병사들의 비상등이 켜진다. 병사들, 어슬렁거리며 나간다. 남자가
거울을 치우고 얼굴을 보인다. 머리를 새하얗게 물을 들였다. 청와
장군과 군사, 다소 충격에 젖은 듯 그를 바라본다. 나폴레옹의 초
상화가 걸려 있던 곳에 남자의 사진이 걸려 있다. 남자, 사람들의
시선에 대수롭지 않다는 듯 담배를 피워 문다. 도살당하는 돼지들
의 울음소리가 시끄럽게 들려온다.

청와장군 (자신만만하여) 포톤의 정예부대가 제거되면, 포톤은 이제
한낱 허수아비에 불과합니다.

군사   하지만 아직 안심을 하기엔 이릅니다. 정예부대가 사라졌
다 해도 포톤에겐 아직도 많은 수의 군사가 있습니다. 승
기를 잡았다하여 자만하면 낭패를 보기 십상입니다.

남자   (조용히 듣고 있다가) 니 문제가 뭔 줄 알아?

군사   …?

남자   너무 소심해. 계집아이처럼. 너무 앞뒤 재는 게 많아.

돼지의 울음소리가 멈춘다. 무대, 앞쪽에 병사들의 모습이 보인다.
그들의 무기와 손에는 피가 흥건히 묻어 있다. 남자, 천천히 일어
나 먼발치를 내다본다.

남자   (천천히 손을 들어 보이며 황제의 위엄으로) 승리하라!

진군을 명령하는 뿔나팔 소리, 병사들의 비상등이 켜진다. 병사들, 나간다. 군사, 망원경으로 좌중을 살핀다. 연이어 들려오는 칼싸움 소리와 뿔나팔 소리가 거칠 것 없는 남자의 승리를 알린다. 군사, 눈앞에 펼쳐지는 광경이 두렵다.

군사   (참을 수 없어) 우리의 군사들은 승리를 거듭하며 진군을 하고 있고, 저들은 두려움에 감히 대적치를 못하고 있습니다. 지금 우리들의 군사들은 군인이든 민간인이든 할 것 없이 눈에 보이는 것은 닥치는 대로 모조리 죽이고 있습니다. 이미 승기를 잡은 마당에 이런 무차별한 공격은 결코 득 될 것이 없습니다. 오히려 점령지 백성들의 반감을 사 제국 통일의 과업에 화가 될까 심려되옵니다.

청와장군   전시 상황이오. 무슨 수로 군인과 민간인을 구분한단 말이오.

군사   (어의가 없어) 칼하고 삽도 구분을 못한단 말씀이오. 점령지의 백성도 우리의 백성이오.

청와장군   반란이나 일삼을 무리들을 군이 살려둘 필요가 있겠소?

군사   그렇다고 모조리 죽이자는 말씀이오! 이건 학살이외다!

남자   그만.

일동, 입을 다문다.

남자 전쟁의 목적은 죽이는 게 아니라 승리하는데 있어.

군사 지당하신 말씀이십니다!

남자 적이라고 해도 생명은 존중해야 돼. 그래서 제네바 조약도 있는 거야.

군사 (기대에 차서) 그렇습니다.!

남자 (냉정하여) 하지만 복종하지 않는다면 어쩔 수 없어. 복종하지 않는다면 파멸할 수밖에.

군사, 침울하여 입을 다문다.

청와장군 제국 통일은 시간문제일 뿐입니다. 이제 마지막 대사를 준비하실 때가 되셨습니다.

남자 …?

청와장군 황제가 있으면 황후가 있어야 하는 법입니다. 황후를 맞이하여 제국의 번영을 기약하소서.

남자 (무슨 말인가 하다가) 결혼?!

군사 (당혹감에) 지, 지금 무슨 말씀을 하시는 거요? 겨, 결혼이라니! 결혼이란 항목은 설명서 어디를 뒤져봐도 없소이다.

청와장군 이미 규칙은 깨졌소. 폐하의 뜻이 곧 우리의 규칙이오.

군사 (두려움에) 폐, 폐하. 이건 아니 될 말입니다. 결혼이라니요. 숙고하여 주소서!

남자 (짜증스러워) 조용히 좀 해 봐!

남자, 생각에 잠겨 서성인다.

남자　결혼이라… 결혼… 아랑… 아랑하고… 나하고…. (사이) 결혼을 해본 적은 없지만, 내 친구 중엔 결혼해서 애까지 난 애도 있어. 이 나이면 이상할 것도 없지. 한 번쯤 해본다고 나쁠 것도 없을 거야, 그렇지?

청와장군　아랑을 생각하십니까?

남자, 쑥스러움에 얼굴이 상기된다.

남자　(애써 위엄있게) 일리가 있는 말이야. 황제만 있는 제국은 여태 보질 못했으니까. 너희의 뜻을 받아들이마. 국혼을 준비해라.

군사, 충격에 젖어 멍하니 남자를 바라본다. 청와장군의 입가에 정체 모를 미소가 떠오른다.

청와장군　(군사에게) 지금 바로 성대한 결혼식을 준비하시오.

군사, 머뭇머뭇 나간다.

청와장군　아랑을 부르겠습니다.

청와장군, 나간다. 남자, 들뜬 기분으로 거울을 보며 머리를 빗는다. 옷맵시를 살펴본다. 잠시 후, 청와장군 아랑을 데리고 들어온다. 청와장군, 자리를 비켜준다. 무희, 남자의 새하얀 머리에 잠시 멈칫한다.

남자 (낭독하듯) 그날이 오면 나는 머리를 하얗게 물들이고 눈이 부시도록 아름다운 이 길을 걸으리라. 혁명처럼 타오르는 열정과 용기로 나를 해방시키고 이 멋진 세상을 사랑하리라. (신이 나서) 정말 이 세상은 아름답고 멋져. 이제야 새삼 깨닫지만… (머리를 좌우로 돌려 보이며) 어때?

무희 (말없이 바라보다가) 축하해요.

남자 오늘은 기쁜 날이야. 마침내 제국의 통일이 이루어지는 날이니까.

무희 (냉랭하여) 게임이 끝나는 날이군요.

잠시.

남자 가끔씩 너도 그 여자처럼 차가울 때가 있어. (사이, 상념에 젖어) 그 여잔 내 앞에서 울지 않았지. 난 그 여자 앞에서 울었지만…. 난 그 여자를 생각하면서 편지를 썼어. 아주 많이. 하지만 한 통도 보내지 않았어. (진지하여) 편지를 보냈다면 떠나지 않았을까? 아니, 그런다고 변하는 건 없었을 거야. 내가 비집고 들어갈 틈이라곤 없는 여자였으니까.

	(피식 웃으며) 그 여자한테 난 많은 남자 중의 하나였을 뿐이
	니까…. (돌연 유쾌하여) 널 용서하기로 했어.
무희	(영문을 몰라) 날 용서해요?
남자	그래.
무희	대체 뭘 용서한다는 거죠?
남자	너의….

남자의 말을 끊으며 전화벨이 울린다. 남, 수화기를 든다.

남자   (대뜸) 이따가 해.

남, 전화를 끊는다.

남자   니가 남자랑 잠을 잤지만, 하긴 자의보단 타의였겠지만,
어쨌든 너의 죄를 용서했어. 황제의 자비로 말이야.

다시 전화벨이 울려댄다. 남자, 신경질적으로 수화기를 낚아챈다.

남자   이따가 하라고 했잖아? (타이르며) 그 정도는 혼자 할 수 있
잖아? 바쁜 건 알지만, 그 정도 자료면 백과사전을 찾아보
면 금방 나올 거야. 아니면 인터넷 검색을 해보던가. (사이.
냉랭하여) 지금은 바빠. (수화기에서 욕설이 들려오는지 얼굴이 굳
어진다. 돌연) 이 빌어먹을 자식아! 니 쓰레기 같은 글 나부

랭이를 쓰려면 니가 직접 찾아 써! 내가 언제까지 니 뒤치
다꺼리나 해줘야 돼! 내 말 똑바로 들어. 넌 삼류야. 죽었
다 깨어나도 내 반의반도 못 쫓아와! 알았어! 빌어먹을 자
식아!

남자, 부서 버릴 듯 수화기를 놓는다. 여자, 흠칫 놀라 물러선다.

남자　어디까지 했지? (기억을 되살리며) 내가 널 용서했으니까 이
　　　젠 새롭게 시작하는 거야.

무희　… 무슨 말을 하는 거예요?

남자　우리의 미래에 대해서 하는 말이야. 결혼에 대해서.

무희　…!

남자　황제가 있으면 마땅히 황후가 있어야 하는 법이야.

무희, 충격과 당혹감에 말을 잃는다. 군사, 들어온다.

군사　(내심 안 내키어) 결혼식 준비가 끝났습니다.

무희　결, 결혼은 규칙에 없는 거예요.

남자　(게임 설명서를 들어 보이며) 제국의 역사, 영웅의 탄생, 암호
　　　목록…, 너희들이 성경처럼 떠받드는 이 얘기들은 이제
　　　다 내 머리 속에 들어있어. 모두 외웠어. (내던지며) 우리들
　　　한텐 새로운 규칙이 필요해. 제국의 규칙.

무희　(어의가 없어) 이건 게임일 뿐이에요.

남자   아니. 게임이 아니라 나의 역사야. (유쾌하여) 새로운 나의
            역사!

잠시 침묵이 흐른다.

무희   (슬픔에 젖어) 처음엔 난 당신을 좋아했어요. 어눌하고 슬픈
            모습이었지만 그 안에서 순수함을 봤으니까요. 그 다음엔
            안타까웠어요. 당신의 세상에서 자리를 찾지 못하는 모습
            이 애처롭고 가슴 아팠죠. 그런데 이제 보니 당신은 미치
            광이에요.

남자   … 뭐?

무희   주위를 둘러봐요. 당신의 눈으로 똑바로 봐요. 뭐가 진짜
            고 가짜인지 현실이고 허구인지 당신의 눈으로 보라고요!

남자   (타이르며) 황제한테 그런 말버릇은 쓰는 게 아니야.

무희   황제라고요? 당신은 도망자일 뿐이에요. 저 밖의 세상에
            서 도망쳐왔을 뿐이라고요.

남자   (자신의 사진을 가리키며) 난 암흑전설의 영웅이다! 이 세상의
            위대한 황제야!

무희   제발 꿈에서 깨요!

남자, 무희의 눈빛에 싸늘해진다.

남자   너의 그런 눈빛을 난 누구보다 잘 알지. 너무나 익숙해 있

었으니까. 경멸과 무시, 비웃음, 비아냥, 하찮게 내려다보는 그 눈빛. (사이) 난 변했어. 혁명처럼 타오르는 열정과 용기로 마침내 날 해방시켰지. 내가 꿈꾸던 것처럼 말이야. 긍정적이고 진취적이고 남자답게! 활기차고 과감하고 늠름하게! (광기 어려) 이젠 누구도 그런 눈빛으로 날 봐서는 안 돼! 우러러 찬미하는 눈빛으로 존경과 경외의 마음으로 날 봐야 돼! 난 이 세상의 주인이며 지배자니까! 너희의 생사화복을 주관하는 절대자니까! 아무도 거역치 못할 위대한 정복자니까!

남자, 광기에 쏘여 부르르 몸을 떤다. 무희, 그런 남자의 모습에 연민과 두려움, 벗어날 수 없는 절망감을 느낀다.

남자　(싸늘히 보다가) 너의 무례함은 용서할 수가 없어. (선고하듯) 너한테 합당한 벌을 내리겠다. 매 맞는 아이를 불러라.

아낙, 들어온다. 잔뜩 겁을 먹고 몸을 사린다.

남자　법은 누구에게나 공정해야 돼. 설사 내 아내가 될 여자라고 해도.

청와장군, 들어온다. 아낙의 비상등이 켜진다. 아낙, 무대 중앙으로 간다. 아낙의 얼굴에 두려움이 몰려온다. 청와장군의 비상등이 켜진다. 청와장군, 칼을 빼어들고 아낙에게 다가간다. 무희, 앞으로 일어날 일을 직감한 듯 공포에 사로잡힌다.

아낙   (두려움에 떨며) 대원수님, 왜, 왜 그러세요?

청와장군, 칼을 치켜든다. 아낙의 오른팔을 자른다. 비명소리. 사방에 피가 튄다.

무희   (오열하며) 안 돼!

무희, 아낙에게 달려간다. 무희의 비상등이 켜진다. 무희, 제자리에서 움직일 수가 없다. 무희의 저항 강렬하다. 남자의 명령과 충돌한다. 움직이지 못하는 무희의 몸이 부서질 듯 떨린다.

아낙   (고통에 일그러져) 사, 살려주세요, 아씨.

청와장군, 칼을 치켜든다. 아낙의 왼팔을 자른다.

무희   (절규하여) 제발!

청와장군, 아낙의 심장을 찌른다. 남자, 무심히 그 광경을 지켜본다. 무희, 넋을 잃고 멍하니 쓰러진 아낙을 본다. 무희의 비상등이 꺼진다. 무희, 풀썩 쓰러진다.

남자 (무희에게, 근엄하여) 벌을 받았으니 황제의 자비로 너의 죄를 용서한다. (태연하여 박수를 치며) 이제 시작해야지.

군사, 망연자실한 무희를 데리고 나간다. 청와장군, 아낙의 시체를 치운다.
흥겨운 음악이 연주된다. 무대에 화려한 잔칫상이 차려진다. 상들 리에가 드리운 것처럼 무대에 환한 빛이 쏟아진다. 병사들, 게걸스럽게 음식을 주워 먹는다. 사람들, 하객이 되어 무대에 정렬한다. 지켜보는 남자, 흥겹다.

남자 (문득) 아참, 사회자가 있어야지.

눈치를 보던 군사, 앞으로 나온다.

군사 (좀체 내키지 않아 머뭇거리며) 이제부터 황제 폐하와 제국의 무희 아랑의 결혼식을 시작하겠습니다.

사람들, 박수를 친다. 병사들, 환호한다.

군사 (힘없이) 신부 입장.

남자, 설레는 마음으로 무희를 기다린다. 돌연, 먹구름이 몰려오는 것처럼 무대가 어두워진다. 뿔나팔 소리가 들려온다. 적군의 공격

나팔 소리다. 무대의 양옆에서 적군들이 들이닥친다. 사람들, 우왕
좌왕 무대는 아수라장이 된다. 압도적으로 많은 적군의 숫자에 병
사들 역부족이다. 포톤, 들어온다.

포톤   (벼락처럼) 너의 목을 가지러 왔다!

청와장군, 칼을 빼어들어 나서지만 남자, 손을 들어 물러서게 한다.

남자   내 목을 가지러 왔다고? 도끼도 없이?

포톤   이 손으로 니 목을 비틀어주마!

남자   (태연하여) 어쨌든 내 결혼식에 와주다니 고마워.

포톤   세상의 규칙을 깨고 피에 굶주려 칼을 휘두르는 너야말로
악의 화신이다! 이 세상을 어둠 속에 가둬버린 악의 화신
이야! 니놈을 죽여 세상을 바로잡으마!

남자   악의 화신? (재미있다는 듯 웃으며) 난 암흑전설의 영웅이야.

포톤   암흑전설의 영웅? 너 같은 패륜아가!

남자, 낯빛 돌변하여 웃음을 멈춘다.

남자   이제 클라이맥스군. 마침내 최후의 결전이 온 거야.

남자, 침착하여 의자에 앉는다.

남자   (살기 어려) 넌 여기서 죽는다.

포톤   (격분하여) 죽여라–!

최후의 결전. 게임의 테마곡이 무대를 흐른다. 남자, 능숙하게 손을 놀려 키보드와 마우스를 조작한다.

남자   방패!

농부1, 2, 3의 비상등이 켜진다. 그들의 얼굴이 두려움에 일그러진다. 농부들, 병사들을 둘러싼다. 적군의 칼날이 무섭게 날아든다. 농부들이 방패처럼 칼날을 막는다. 그들의 몸이 칼에 찢겨 나간다. 뒤에 숨은 병사들이 공격을 한다. 압도적으로 많던 적군들, 변칙적인 병사들의 공격에 조금씩 숫자가 줄어든다. 농부들 쓰러진다.

남자   (바삐 손을 움직이며) 변신!

마법사의 비상등이 켜진다. 마법사, 겁에 질려 주춤주춤 포톤에게 다가간다.

마법사   (기를 모으듯 손을 움직이며) 트라스타 파이드로. 변신하라, 변신하라. 트라스타 파이드로.

포톤, 무방비로 다가오는 마법사를 단칼에 쓰러뜨린다.

남자   이런, 빌어먹을!

아군들, 적군에 밀리기 시작한다. 남자, 불리한 기세에 안절부절이
다. 격렬한 칼싸움이 벌어진다. 병사1, 2가 쓰러진다. 남자, 기겁
하여 키보드를 누른다.

소리   게임을 일시 정지합니다.

사람들, 굳은 듯 멈추어 선다. 남자, 두려운 기색 역력하여 생각에
잠긴다. 신중하여 작전을 짜던 남자, 결정을 한 듯 키보드를 누른다.

소리   게임을 진행합니다.

다시 결전이 벌어진다. 남자, 바삐 손을 움직여 키보드와 마우스를
조작한다. 군사의 비상등이 켜진다.

군사   (두려움에) 저, 저도요?
남자   (발악하여) 돌격-!

군사, 사색이 되어 적군을 향해 달려간다. 그를 방패 삼아 청와
장군과 병사들이 뒤따른다. 적군들, 돌격해 오는 아군에 밀려 뒤

로 밀리기 시작한다. 포톤, 무서운 기세에 주춤주춤 뒤로 물러선
다. 군사의 몸이 적군의 칼날에 찢긴다. 아군의 칼이 적군을 유린
한다. 병사3이 쓰러진다. 병사4가 쓰러진다. 마침내 군사가 쓰러
지고 뒤에 몸을 감추었던 청와장군 화살처럼 적을 향해 돌진한다.
게임의 테마곡, 귀를 찢을 듯 절정을 향해 내달린다. 포톤, 기겁을
하고 도망친다. 살아남은 적군들, 도망친다. 청와장군, 함성을 내
지르며 뒤쫓는다. 잘려진 적군들의 몸뚱아리가 무대로 쏟아져 들
어온다. 클라이맥스.

서서히 무대를 뒤엎던 음악, 사그라진다. 남자, 그제서야 안도의 한
숨을 내쉬며 평정을 되찾는다. 남자, 격정을 달래듯 눈을 감는다.

전화벨이 침묵을 깨며 울린다. 남자, 깜짝 놀라 눈을 뜬다. 남자,
무심히 울려대는 전화벨 소리를 듣는다. 재촉하듯 쉬지 않고 울리
는 전화벨 소리. 남자, 전화선을 자른다. 다시 침묵 속에 빠져든다.
무희가 들어온다. 그녀는 웨딩드레스를 입고 있다.

남자   (무희를 보고) 이겼어. 내가 이겼어….

무희   (시체가 널브러져 있는 무대를 찬찬히 둘러보며) 다 죽었군요. 모
두 다….

남자   아니야. 넌 살아 있잖아? 청와도 있고. (애써 자신감을 보이며)
이제부터 시작이야. 통일된 제국은 정말 방대하지. 할 일
도 많고. 먼저 세금을 내릴 거야. 노동 시간도 줄이고. 그
래야 민심을 얻거든. 반란은 미연에 방지를 해야지. 현명
한 황제는 백성을 챙길 줄 알아야 돼. 제국의 법전도 만들

어야 되고, 군사도 정비하고, 또… (환하게 웃으며) 제국의 황
후도 맞아들여야지.

무희, 품속에서 조그마한 병을 꺼낸다. 남자, 무희의 행동을 말없
이 지켜본다. 돌연, 경고음이 요란하게 울리기 시작한다.

소리   경고합니다. 바이러스가 감지되었습니다. 경고합니다. 바
이러스가 감지되었습니다.

무희   이 병을 열면 당신의 컴퓨터는 바이러스에 감염될 거예요.

남자   뭐?

무희   모든 데이터가 지워질 거예요. (사이) 당신이 남겨 놓은 모
든 기록이 사라질 거예요.

남자   …!

무희   이 미친 왕국도 사라질 거예요.

남자   (믿겨지지 않아) 뭐, 뭐하는 거야? 바이러스에 감염되면 너도
죽어….

무희   당신도 죽어가고 있어요. 그걸 모르겠어요?

남자   내, 내가? (어의가 없어) 넌 지친 거야. 전쟁은 벅찬 일이지.
이젠 다 끝났어.

무희   (애잔하여) 이제 돌아가요. 0과 1, 그 너머의 무언가가 있는
세상으로… 태초에 오염되지 않은 에덴동산처럼 모든 게
지워진 컴퓨터 안에 다시 기록을 해요. 당신을 아프게 했
던 상처를 잊고 새 역사를 써요.

남자   (두려움에 떨며) 그, 그러지 마! 이겼어. 내가 이겼어! 제국을 통일했다고!

무희   당신이 꿈꾸는 그날이 오길 바래요. 아름다운 길을 걸으며 멋진 세상을 사랑할 수 있기를요.

남자   (발악하여) 명령이야! 당장 집어치워! 황제로서 명령한다!

무희   다시는 이 어두운 세상, 암흑전설 속으로 들어오지 말아요.

무희, 눈을 감으며 천천히 병의 뚜껑을 열기 시작한다. 남자, 안절부절 마우스를 클릭한다. 그러나 무희의 비상등이 켜지지 않는다.

소리   무희의 충성도가 70퍼센트 하락했습니다. 현재 충성도는 10퍼센트입니다.

소리   경고합니다. 바이러스가 감지되었습니다. 경고합니다. 바이러스가 감지되었습니다.

경고등이 어지럽게 점멸한다. 미친 듯이 울려대는 경고음이 무대를 집어삼킨다. 남자, 돌연 무대로 뛰쳐 내려온다. 칼을 들어 무희를 찌른다. 무희의 짧은 비명. 그들의 모습, 마치 정지된 화면처럼 멈춘다. 무희, 남자를 본다. 그녀의 웨딩드레스가 피로 물든다. 미끄러지듯 천천히 쓰러진다.

경고음이 멈춘다. 차가운 적막함이 무대를 흐른다. 남자, 꿈에서 깨어나는 듯 몸을 움찔하며 맥없이 칼을 떨어뜨린다. 무희를 본다. 주위를 둘러본다. 보이는 것은 널브러진 시체들과 파괴의 잔상

뿐… 을씨년스러운 분위기에 남자, 주춤거린다. 재빨리 병을 줍는다. 그의 손에 무희의 피가 묻는다. 흠칫 놀라 피를 닦는다. 따뜻하다. 자기와 똑같은 피. 사람의 피다. 순간 남자의 얼굴에 걷잡을 수 없는 공포가 밀려온다. 무희의 얼굴을 만져본다. 머리카락을 만져본다. 냄새를 맡아본다. 사람이다. 남자, 인정할 수 없는 사실에 사납게 부정의 근거를 찾는다. 널브러진 시체들을 확인한다. 그들도 사람이다.

남자   (악몽에서 깨어나려는 듯) 게임이야. 게임이야. 이건 게임이야. (공포에 떨며) 이, 이젠 끝낼 거야. 재, 재미없어.

무대 앞쪽에 조명이 떨어진다. 포톤의 모습이 보인다. 포톤, 피로 흥건히 젖었다. 이미 치명적인 상처를 입은 듯 무릎을 꿇은 채 거친 숨을 헐떡인다. 청와장군, 모습을 보인다. 그의 머리에는 비상등이 없다. 현실 속의 살아 숨쉬는 존재처럼.
청와장군, 천천히 칼을 치켜든다. 문뜩 고개를 돌려 남자를 본다. 그의 입가에 피식 서늘한 웃음이 지나간다. 남자, 창백하여 주춤주춤 물러선다. 청와장군의 칼이 포톤을 향해 사나운 야수처럼 떨어진다. 무대 앞쪽, 급히 어둠 속에 잠긴다. 남자의 방도 어둠 속에 잠긴다.
남자, 출구를 찾는다. 널브러진 시체들과 잘려진 몽뚱아리가 장애물이 되어 그의 걸음을 잡는다. 남자, 안절부절 출구를 찾지만 어디로 나가는지 찾을 수가 없다. 조명, 차츰 어두워지며 남자를 향해 조여온다. 경쾌한 팡파르 소리, 들려온다.

자막 / 게임 5 단계 임무 완수

　　　점수 : 9500점

게임의 테마곡이 연주된다.

자막 / 축하합니다! 모든 임무가 끝났습니다. 제국이 통일되었습니다.

사회자의 목소리가 에필로그처럼 들려온다.

목소리　(경건하여) 어둠과 혼란의 암흑전설의 시대는 마침내 정의의 검을 치켜든 영웅에 의해 그 종말을 맞이하게 되었습니다. 악의 제국은 이제 저 깊은 심연의 신화 속으로 사라졌습니다. 파멸과 악의 기운으로 뒤덮였던 세상은 움트는 생명과 창조의 신비로움으로 다시 태어났습니다. 위대한 암흑전설의 영웅, 바로 여러분이 이 새로운 세상의 주인입니다. (찬양하여) 여러분은 승리하였습니다! 여러분은 위대한 황제입니다! 빛의 제국이여, 영원하라!

출구를 찾던 남자, 마침내 이곳에는 출구가 없다는 사실을 깨닫는다. 남자, 조명 속에 갇힌다. 그의 얼굴만이 덩그러니 보인다. 쇠잔

한 황제처럼 물끄러미 좌중을 바라보는 남자의 눈, 어둠 속에 잠긴다. 게임의 테마곡, 끝난다. 침묵과 어둠 속에서 마지막 자막이 뜬다.

자막 / 게임을 다시 시작하시겠습니까?

막 내린다.

한국 희곡 명작선 129

암흑전설 영웅전(暗黑傳說 英雄傳)

초판 1쇄 인쇄일   2022년 11월 1일
초판 1쇄 발행일   2022년 11월 7일

지 은 이   차근호
만 든 이   이정옥
만 든 곳   평민사
　　　　　서울시 은평구 수색로 340 〈202호〉
　　　　　전화 : 02) 375-8571 / 팩스 : 02) 375-8573
　　　　　http://blog.naver.com/pyung1976
　　　　　이메일   pyung1976@naver.com
등록번호   25100-2015-000102호
ISBN　　　978-89-7115-071-9 04800
　　　　　978-89-7115-663-6 (set)
정 　 가   9,000원

이 책은 사단법인 한국극작가협회가 한국문화예술위원회의 2022년 제5회 극작엑스포
지원금을 받아 출간하였습니다.